狼殿下と黒猫新妻の蜜月

貫井ひつじ

23615

角川ルビー文庫

目次

口絵・本文イラスト／芦原モカ

第一章

狼獣人が住まう国ウェロンでは四年に一度、ロルヘルディという祭りが開かれる。

祭りといっても華やかなものでは無い。祖先の魂が里帰りをする季節だ。生きている者たちは、死者の帰省を妨げることの無いよう静かに過ごし、ロルヘルディの最終日に死者を送り返す宴を開いて日常に戻る。

今年は、そのロルヘルディが開催される年にあたる。

普段は王都で暮らす者たちも、ロルヘルディの期間は郷里へ帰る者が多い。王城に勤める使用人たちも、最低限の人数だけが残り、後は帰省の手筈を整えていた。

普段よりも閑散とした王城の中。

しかし、王城の奥——国王夫妻の居城は、いつも通り子どもの賑やかな声に満ちていた。

「やー！　にゃんにゃん！　やー！」

銀色の毛並みに茶色の活発そうな瞳をした二歳児がジタバタと暴れているのを、シェインはきょとんと見下ろした。

いつの間にか背後に忍び寄って来ていた小さな姿にシェインが気が付いたのは、伴侶であるランフォードの腕に抱き上げられてからだった。

ふわりと横抱きにされた直後に上がった声に、菫色の瞳を瞬かせながら視線を落とせば国王夫妻の第十子——最近歩き回るのが楽しくて仕方がないらしい四女のエリンが、ランフォードの足に取り縋って駄々をこねている。

「おじしゃん、にゃんにゃん、さわるー！　おろしてー！」

二歳の姪の我が儘に対して、にこりともしないまま――銀色の毛並みをした端整な顔の狼獣人ランフォード・フェイ・ルアーノが真顔で言い放つ。

「叔父さんのにゃんにゃんだから駄目だ」

「なんでー！　やー！」

ぐいぐいとズボンの裾を引っ張る幼児の声に動じた様子も無く、ランフォードはシェインを抱え上げたままだ。

――にゃんにゃん。

王弟にして名高い騎士である伴侶から発せられるにしては些か不釣り合いな言葉に、シェインの口元から笑みがこぼれる。

まだにゃんにゃんに触るとランフォードの足下で騒いでいる二歳児に、シェインは困ったように首を傾げた。

シェインは、この城で唯一の猫獣人である。

狼獣人と違うしなやかで長い尻尾は、幼児の興味を引き付けるらしい。

困ってゆらゆら尻尾を動かしながら、半分泣き出したエリンを見下ろしていると、部屋の中に小さな影が二つ飛び込んできた。

「エリン！」

「エリン！」

四歳になった国王夫妻の第八子と第九子。男女の双子のミュリエルとスーザンだ。ランフォードのズボンに縋り付く妹の手をそれぞれが摑んで引き離す。

「やー！　にゃんにゃんー！」

まだシェインの尻尾に未練たらたらの妹に、精一杯年上の威厳を示しながら双子が言った。

「にゃんにゃんじゃないの！」

「おじさんのおよめさんなの！」

拙い叱責にシェインは思わず顔を綻ばせた。

一年前、二人に初めて会った時はエリンと全く同じ反応を示して「ねこ！」と叫んで、シェインに興味津々だったものだ。

それが今では一人前に妹を叱るようになったのだから微笑ましい。

くすくすと笑うシェインに、ランフォードが目を細めて柔らかい表情を向けた。

「およめしゃー、さわるー！」

遂に、わんわんと泣き出した二歳児をどうしたものかと困ってしまって、シェインはランフォードに視線を向けた。そんな伴侶に対して、ランフォードは落ち着いた口調で言う。

「心配ない」

――？

新緑色の瞳を見返せば、双子が駆け込んできたドアから見慣れた人が姿を現した。茶色の毛並みと瞳をした狼獣人の女性だ。穿いているスカートの裾がふわりと揺れる。

「エリィ？　どうしたの？」

「かーさまー！」

姿を現したのはノエラ・フェイ・ルアーノだった。

ランフォードの兄の妻、国王の妃である。腕にはつい先日一歳になったばかりの末っ子ナターシャを抱えていた。父親譲りの銀髪に、母親譲りの茶色の瞳。きょとんとした顔で部屋の中を見つめている。

双子の腕を振り払って、エリンが母親のスカートに縋り付く。

義弟の腕に抱えられたシェインと双子の様子を見て、状況を察したらしい。苦笑しながらノエラが言った。

「ごめんなさいね、シェイン様。この子たちったら――」

その言葉にシェインは首を振った。好奇心いっぱいなのは何よりだ。

狼獣人ばかりの中に、姿形が違うシェインが紛れているのを不思議に思っても悪いことではない。ただ尻尾は敏感な部分なので、触れられるのは遠慮したいだけだ。

この子たち、という母親の言葉に双子がすかさず抗議の声を上げた。

「もう、ねこって言ってない！」

「言ってない！」

双子の声に笑いながらノエラが言った。

「そうね。二人とも、もうシェイン様のことを猫なんて言わないものね。ちゃんとお兄さんとお姉さんになって偉いわよ」

そう言いながら膝を折って、スカートに縋り付くエリンにノエラが言う。

「エリィ？　シェイン様の尻尾を触ろうとしたの？」

「にゃんにゃん……」

「にゃんにゃんじゃありません。シェイン様です。ランス叔父さんのお嫁さん。——この間、尻尾をドアに挟んで大泣きしていたのは誰だったかしら？」

その時のことを思い出したのか、ぱっと目を見開いてエリンが自分の尻尾を抱えるように腕を回した。顔が青ざめている。

「いたいいたい……」

「そうね、痛い痛いだったわね。シェイン様だって尻尾を触られたら痛い痛いなのよ？　エリィが痛い痛いした時、お母様もお父様も悲しかったわ。シェイン様が痛い痛いしたらランス叔父さんが悲しくなるのよ。エリィはシェイン様に痛い痛い思いをさせて、ランス叔父さんを悲しくさせたいのかしら？　違うでしょう？」

畳みかけて語られる言葉に、深刻な顔になった二歳児がこくこくと頷く。それにノエラが微笑んだ。

「それなら、もうシェイン様の尻尾を触ろうとしては駄目よ？　分かった？」

こっくりと頷くエリンの頭を撫でると、ノエラが器用に片手を空けて、エリンと手を繋いで立ち上がる。さすが十一人の子の母親である。鮮やかな手並みにシェインは感心した。

ノエラがエリンを促すように言う。

「悪いことをしたらなんて言うのかしら？」

「ごめんしゃい……」

謝罪の言葉を口にした途端に落ち込んでしまったらしい。しょんぼりと耳を垂らしたエリンが可哀想で、シェインは困ったように微笑んだ。

沈んだ姉の気配を察してか、それとも単に機嫌が悪くなったのか、王妃の腕に抱えられていたナターシャが大きな声で泣き始める。それにつられてか、ぎりぎりで泣くのを堪えていたエリンまでもが、大声を上げて泣き始めた。

泣き声の二重奏。

幼い妹たちの様子に、双子がおろおろとしている。

ランフォードの腕から慌ててシェインが降りようとしたところで、声が響いた。

「――うちの天使たちは今日も元気だな？」

姿を現したのはランフォードの兄であり国王のレンフォード・フェイ・ルアーノだった。銀色の毛並みに深緑色の瞳。そして、穏やかな声。

そんな父親の姿に、双子が目を輝かせてぱっと飛びついた。

「とうさま！」

「とうさま、カークにいさまは!?」

先ほどまで妹たちを心配していた様子が嘘のようだ。顔を期待に輝かせる子どもたちに向けてレンフォードが言う。

「お待ちかねの長男様は、もう帰って来たよ。――カーク？」

後ろを振り返って名前を呼べば、よろよろと狼獣人の青年が姿を現した。

よろけているのは腹に一人、背中に一人と、子どもを抱えているからだ。スーザンとミュリエルの三歳上の双子の姉妹、マリアとサラだ。最近、母親を見習っておしとやかになって来た双子も、久しぶりの兄との再会に感情を爆発させているらしい。

きゃっきゃとはしゃいだ声が聞こえると、年下の双子が青年の足にそれぞれ張り付いた。

「マリーねえさま、ずるい、ずるい！　スーもだっこ！」

「サラねえさま、ずるい！　ミューもおんぶ！」

王によく似た面立ちだが、飄々とした雰囲気の王よりも、幾分生真面目そうな印象を受けた。年の離れた兄妹たちからの声をあしらうでもなく、真面目に相手をしてやっているせいで、息絶え絶えになっている王子が声を上げる。

「スーとミュー……、後で抱っこもおんぶもしてあげるから――少し待ってくれ――」

「やー！」

「やー！」

がっちりと足にしがみつく双子に天を仰いだ王子が、現在進行形で腹と背に張り付く姉妹に向かって声をかける。

「マリー、サラ……せめて一度、降りてくれないか……？」

「いやー！」

「いやー！」

明るい拒絶の声に、がっくりと王子が項垂れた。

そんな息子の様子を見ながら、レンフォードがエリンを王妃の手から取り上げた。王がそのままエリンを腕の中であやしながら言う。

「うちの天使たちにモテモテで羨ましいなぁ、カークランド。――ところで、ランスとシェインに挨拶はしたか？」

その言葉に青年がはっとしたように顔を上げる。

シェインも目まぐるしい展開にすっかり忘れていた当初の目的を思い出した。

シェインとランフォードが王城に呼ばれたのは、犬獣人の国クアンツェに留学していた国王夫婦の長男――次期国王の出迎えのためである。

今年十九歳になるという長男王子は、ロルヘルディを機に留学を終えて、これからは国王の秘書として身近で執務を学ぶことになっているそうだ。

銀色の毛並みは王の血筋だろう。面立ちはレンフォードによく似ているが、瞳の色は王妃譲りの活発そうな茶色をしている。

半年前に挙げられた結婚式の時に、最低限の挨拶は交わしていたが、色々と慌ただしくきちんと言葉を交わしたことは無かった。

菫色の瞳を瞬かせながら長男王子を見つめていると、妹二人を抱えて足下に双子をまとわりつかせたまま、相手が凛とした声で名乗った。

「お久しぶりです、叔父上。シェイン様には、改めまして――カークランド・フェイ・ルアーノです。ただいま帰国しました。これからはこちらに居住して父の近くで働きますので、顔を合わせる機会も増えると思います。よろしくお願いします」

しっかりとした声で告げて律儀に頭を下げるカークランドに、ランフォードがよく響く声で端的に言った。

「――道中、無事で何よりだ」

シェインも挨拶をしようとして、ランフォードの腕に抱えられたままの自分の姿に気付いた。今更ながら自分の体勢に顔を羞恥で赤くして、シェインは声の代わりに指先の文字で伴侶であるランフォードに訴える。

ランス、おろして。

「なぜ？」

心底理由が分からない、という顔をするランフォードに、シェインは更に指先で告げる。

しつれい。

――礼を欠いているというのは勿論だが、ランフォードの甥にして次期国王である人への挨拶が、ランフォードの腕の中からというのはかなり恥ずかしいものがある。

そんなシェインの様子に、微かに笑ってランフォードが告げる。

「取り繕って畏まったところで仕方がない。いつものことなんだ。今の内に実情を見せて慣らしておいた方が良いだろう」

――そういうものだろうか？

怪訝なシェインの視線を受けて、ランフォードは言葉を続けた。

「大体、今のカークランドにこちらのことを気にしている余裕は無いぞ」

その言葉に瞬きをしてシェインはカークランドに目を向けた。

挨拶のために綺麗に頭を下げた王子は、そのせいで重心を崩して、ついに腹と背中に抱えた妹たちと足に縋り付く双子の重みに負けてしまったようだった。妹たちを潰さないように配慮しながら、床に崩れ落ちて王子がひっくり返る。

そんな兄に対して、幼い妹たちと弟は容赦が無い。

「兄さま、立って！」

「立って！　まだ抱っこして！」

「やだー！　ミューもだっこ！」

「スーも！　スーもおんぶ！」

「四人とも、少し、落ち着いてくれ……頼むから――」

年の離れた王女と王子にもみくちゃにされながら訴えるカークランドの弱々しい声が響く。

王妃の腕の中では相変わらずナターシャがぎゃんぎゃんと泣き声を上げていて、王の腕に抱えられたエリンは洟を啜って愚図っている。そんな子どもたちの大騒動に対して、国王夫妻は穏やかに微笑みあっていた。

――確かに、この騒動の中ではシェインがランフォードの腕の中にいることなど些細なことかも知れない。

そう思いながら困ったように首を傾げるシェインに、微笑んだランフォードが額に口づけを落とす。そんな弟の様子に、国王が呆れた調子で声を上げた。

「こら。子どもたちの前でいちゃつくな」

レンフォードの声に、シェインが顔を赤くする。それを宥めるようにシェインの三角耳の付け根に唇を寄せて、ランフォードが鋭い眼差しを王に向けて言う。

「……兄上にだけは言われたくない」

弟の言葉に、国王が深緑色の瞳を細めて笑って言った。

「確かにな」

――シェインにとって、生まれて初めてのロルヘルディは、明るく賑やかに始まった。

＊＊＊＊

約一年前。

長年、狐獣人の国アンデロからの理不尽な侵略行為に晒されていた猫獣人の国ヴェルニルは、隣国である狼獣人の国ウェロンに援軍を要請した。

結果、狼獣人の兵の活躍によって長く続いた戦は終結し、ヴェルニルには平和がもたらされた。そのお礼として、活躍の目覚ましかった王弟である騎士ランフォードに、ヴェルニル王国の末王子シェインが嫁ぐことになった。

道中、急な病にかかり王子は声を失ったが、騎士ランフォードの献身により二人は無事に心を通わせ、正式に伴侶となった。

二人の仲睦まじさは有名で、そのお陰で両国民は互いの国に友好感情を向けている。

——というのが、表向きの話。

シェインは名前こそシェインであるが、ヴェルニル王国の「本物の」末王子では無い。元はヴェルニルの田舎にある公爵邸の下働きだ。

狼獣人との結婚を厭った本物の王子シェイン・クロス・ヴァリーニと、公爵家の末息子スコッツ・ロールダールが駆け落ちを決行するにあたって、名前が同じことと声が出ないのをいいことに身代わりに仕立てられてウェロン王国に送り込まれたのだ。

シェインが本物の王子ではなく身代わりだと見破ったのはランフォードだ。

先祖の血を色濃く受け継いだランフォードは鋭敏な嗅覚を持っていて、声の出ないシェインの感情をよく汲み取り、ただの身代わりの下働きに対して過ぎるぐらいに優しくしてくれた。

鋭敏過ぎる嗅覚のために他人の嘘をも容易く見抜くランフォードは、シェインの嘘の無い清らかな香りと健気な様子に心奪われ、シェインもその想いに応えた。

そして二人は共にいることを決めた。

シェインの生い立ちについてこの国で知っているのは、国王と宰相、そして王城付きの老医師だけである。

二人で生きていくために、一生背負っていくと決めて吐いた唯一の嘘。

それを抱えながら、今日も二人は共にある。

「――っ、――」

夜更け。

王城の敷地内にあるランフォードの居城。その寝室にシェインの声無き嬌声が満ちていた。

一日の終わりに穏やかに肌を重ねて、互いの温もりを確かめながら抱き合って眠るのが、シェインとランフォードの常だ。

重ねられた唇の隙間からシェインの口の中に入り込んできたランフォードの舌が、奥で縮こまっていたシェインの舌を優しく導くように引き出した。絡まり合った舌が濡れた音を響かせると、ぞくぞくとした快感が体を走り抜けて堪らない。唇が離れたのに息を弾ませながら薄目を開くと、猫獣人特有のよく利く夜目が相手の姿をくっきりと捉えた。

シェインを見つめるランフォードの新緑色の瞳は、いつも優しい。

「――シェイン」

低い声が名前を呼ぶと、びりびりと痺れたような快感が体を走った。

この世界でたった一つのシェインの居場所。

好き。

言葉に出して伝えることが出来ない分、胸に抱える感情の全てが伝われば良いと思いながらシェインはランフォードの体にしがみついた。

もう一度、唇が重なった。

いつもはそのまま深くなった口づけと共に、相手の掌が体中を愛撫するのに、今日は労るような丹念な口づけを贈られるだけだ。不思議に思って瞬きをしながら、優しくあやすようなランフォードの舌先に応えていると、不意に唇が離れた。

シェインの耳の付け根をランフォードの指先が擽るように撫でて言う。

「……エリンが、すまなかった」

突然、二歳の姪の名前を出されてシェインは瞬きをした。

猫獣人の尻尾に興味津々に触れようとしてくることを言っているのかと首を傾げれば、ランフォードの指がシェインの喉に触れる。

「私がきちんと説明出来れば良かったんだが――」

そう言うランフォードの顔に浮かぶ苦い色に、シェインはきょとんとして、ようやく相手が何を気に病んでいるのかに思い当たって――小さく微笑んだ。

今日の晩餐は、長男王子の帰国を祝って国王一家と共にした。晩餐といっても、やんちゃ盛りの子どもと幼児も席を連ねるので、格式張ったものではない。終始賑やかな食卓で、大人たちのやりとりをじっと見つめていたエリンが口にしたのは、ある意味当然の疑問だった。

「おはなし、しないの？」

シェインに向けて茶色の瞳が不思議そうに訊ねると、食卓に一瞬の沈黙が落ちた。

シェインの声が出ないことを、国王をはじめ王妃や長男王子は知っている。エリンより上の子どもたちは、声が出ないことを知ってはいるが、薄々触れてはいけないと思っているのか、それについて訊ねて来たことは無い。

真っ直ぐに向けられた問いに、シェインは微笑んでから頷いた。その様子にエリンが首を傾げて言う。

「おはなし、きらい？」

その質問にシェインは首を振った。その仕草にエリンは再び首を傾げて、更に訊ねる。

「おはなし、すき？」

シェインが頷けば、更に疑問が深まったらしい。二歳児が純粋に疑問の色を浮かべて言う。

「おはなし、しない？」

矛盾に困惑している二歳児に、言葉無しに説明することの難しさを悟って、シェインは隣に座るランフォードの手を取った。その掌に文字を綴れば、珍しく硬直したようになっていたランフォードが、シェインに代わって言葉を発した。

「『びょうきで、こえがでない。でも、おはなしはすき』」

叔父の口を通じての説明に、エリンは大きく目を見開いてから、心配げな顔になった。

「のど、いたいいたい？」

精一杯の語彙力を使っての質問に、シェインは微笑んで首を振った。その様子にほっとした顔をしながら、「病気」について考え込むエリンにシェインは微笑んで、ランフォードの掌を通じて更に説明を重ねる。

『こえはでないけど、ランスがいるから、だいじょうぶ』

「おじしゃん？」

『ランスには、きこえてるから』

「――？　おじしゃん、きこえる？　にゃんにゃんのこえ？」

声の出ないシェインの声が、ランフォードには聞こえている。謎かけのような言葉に、疑問を募らせるエリンの矛先はランフォードに向かった。姪からの真っ直ぐな疑問の視線に、ランフォードは何とも言えない顔で沈黙した。

そんな弟を救ったのは、エリンの父親である国王のレンフォードだった。言葉に詰まるランフォードにからかうような視線を向けて、軽快に言う。

「叔父さんがシェインのお婿さんだからだよ」

「おむこしゃ？」

疑問符を頭に浮かべるエリンに、ナターシャを腕に抱いた王妃のノエラが朗らかに言った。

「父様にとっての母様で、母様にとっての父様よ」

「とーさま、かーさま……？」

「特別な二人ってことよ」

尚も説明を続けるノエラの言葉に、おしゃまな双子の姉妹が小さく歓声を上げた。

「お婿さんとお嫁さん！」

「わたしも、お嫁さんになりたい！」

きゃっきゃっと盛り上がる双子に釣られて、四歳の双子も声を上げる。

「スーも！　スーもなる！」

「ミューは？　ミューもなる！　にいさまもなる？」

「兄様はならないかな……」

突然に弟から矛先を向けられたカークランドが苦笑しながら答えると、エリンが再び首を傾げて言う。

「なんで？」

その疑問には四歳の双子も加わった。

「にいさま、なんでならないの？」

「にいさまも、なるの！　おそろい！」

よく分からない会話の中で笑い声が上がって、そのままその話は流れたが――どうやら、それが優しい伴侶の胸に閊えていたらしい。

一つ瞬きをしてから、シェインは笑って体を寄せてランフォードの掌を取った。

やさしい。

そんな文字を綴りながら笑うシェインに、ランフォードが困ったように溜息を吐く。鋭敏な嗅覚を持つランフォードは悪意や欺瞞に人一倍敏感だ。

少しでもそれらを持って発せられた言葉にならいくらでも反応出来たが、二歳の姪が口にした言葉はただの純粋な疑問だったからこそ、どうやって反応すれば良いのか分からなかったのだろう。普段はそつのない態度でシェインを守ってくれる伴侶の意外な弱点に、顔を綻ばせながらシェインは掌に指先で文字を綴る。

だいじょうぶ。

声が出ないということを改めて指摘されることが全く平気、という訳ではない。

他の人が当たり前に行えることが出来ない自分、というのを突きつけられるからだ。

その事実を確認させられる度、少しの痛みが伴う。

けれど、世の中に種族の違う色々な獣人たちがいるように、色々な事情を抱えた人たちがいるのは事実だ。

『知らないまま大人になって、他者を自分より劣ると蔑むようになるより、早い内に知って相手を思いやれるようになった方が良い。だから、相手が幼い子どもなら、なるべく答えてやりなさい。お前が今答えることで、いつか救われる誰かもいる』

そう言ったのは公爵邸で下働きをしている時に執事長を務めていたバーナードだ。公爵邸の声の出ない下働きについて、近くの町であれこれ言う人たちが少なからずいたことを知っている。けれど、そういう人たちの冷たい言葉の雨からシェインのことを他の使用人たちが傘になって守ってくれていた。

声が出ないことで辛い目にも遭うが、信じられないぐらいの優しさに出会うこともある。

目の前にいるランフォードが、その最たるものだ。

だから、今度はその優しさをシェインが誰かに返してやる番なのだから、辛いことも悲しいことも無い。何よりレンフォードと、ノエラが親なのだ。エリンもきっと優しい人に育ってくれるだろう。

そんなことを拙く指先で伝えていると、ランフォードが新緑色の瞳を細めて言った。

「……私は優しくない」

やさしい。

はじめてあったときから、ずっと。

大好きな人たちとの平穏な暮らしから引き離されて、悲しみの底に沈んでいたシェインをすくい上げてくれたのは目の前の人だ。音にして生み出せないシェインの言葉を拾い上げて、理解してくれる。

そんな相手が――どうしようもなく好きで堪らない。

「私が優しいのはシェインが相手だからだ」

大事な番だからだ、と告げながら、先ほどよりも熱を帯びた口づけが贈られる。それにうっとりと応えていると、首筋をたどった相手のごつごつとした掌が体の線をなぞる。しがみつくようにしながら、熱に溺れる間際に優しく鼓膜を震わせてシェインの名前を呼ぶランフォードの声に、シェインはふと思う。

流暢に喋れなくても良いから、せめてランフォードがくれる呼びかけに応えられるだけの、たった三つの音を声に出せれば良いのに、と。

――ランス。

心の中で呼びかければ、それが通じたように優しい口づけがいくつも降ってくる。それにシェインの尻尾が甘えるように相手の体に絡むのはいつものことだ。

好き。

大好き。

愛してる。

伝えたい言葉をいくつも心の中で告げれば、呼応するようにいくつも言葉が降ってくる。そのまま優しく体を拓かれて、ランフォードの熱を胎の中に受け入れた。

すっかり行為に慣れた体の筈なのに、相手を受け入れたところからじんわりと体を走る喜びは、いつも新鮮で鼓動が速くなる。汗ばんだ体をしならせながら、声無き嬌声と共にシェインは快感に揺さぶられる。

「――っ、――」

好き。

大好き。

ランス。

愛してる。

快感で蕩けながら、精一杯の言葉を並べて一つも伝え残すことの無いように両手両足でランフォードの体にしがみつく。胎の一番、奥。どくどくと力強く脈打つ相手の拍動と共に、胎内を満たしていく生温かい液体に幸福を感じながら、シェインはゆっくりと目を閉じる。

「――シェイン」

愛している。

鼓膜を震わせる声が優しくて、微笑んで口づける。

ちょうど、シェインとランフォードが優しい眠りに包まれた深夜。

望まぬ使者が到着し、厄介事の来訪を予告する書簡をもたらしたことを、二人は知らないままだった。

＊＊＊＊

ロルヘルディは、八日間にわたって行われる。

この期間、人が住まう家は、日中は死者が自由に出入り出来るよう窓や扉を開け放しておく決まりがあるらしい。長年の習慣とはいえ、長時間にわたって窓や扉を開け放しておくのはいかにも物騒だ。ロルヘルディに親族が集うのは、死者の魂をもてなす家人を多くするためというのに加えて、無人の部屋を作らないためという防犯上の理由もあるそうだ。

　さすがに王城の全ての窓や扉を開け放しておく訳にはいかないので、だいぶ簡略化されるらしいが、それでも普段より開放的になるのは間違いないらしい。

　ランフォードを騎士団の仕事へ送り出し家事に勤しんでいたシェインの下へ、王城から顔見知りの乳母がやって来たのは昼近くのことだった。

　ランフォードは自分の居城に余計な匂いがあることを好まない。なので、そこに住まうのはシェインとランフォードの二人だけだ。ランフォードが執務に出ている間、シェインは家事をして過ごすのが日課だ。元は公爵邸の下働きをしていたシェインに、家事は苦痛でもなんでも無い。

　せっせと鍋を磨いていたところに遠慮がちに声をかけられて、シェインは瞬きをして、ランフォード以外の人間と言葉を交わす時に使う、小さな黒板と白墨を手に取った。

　どうしました？

　シェインの問いかけに、年かさの乳母の目尻に人の好い笑い皺が寄る。狼獣人は勤勉な者が多い。伴侶のために鍋磨きを厭わない王弟妃の姿は、乳母にとっては好ましいものだったが、シェインはそれに気付かずに少しだけ首を傾げた。

　乳母が柔らかい声で言う。

「第二王子、第三王子、第四王子がお帰りになりました。先王様も、ちょうどご一緒に。よろしければ皆様でお昼をご一緒しませんか、と王妃様からのお誘いです」

今年のロルヘルディに国王夫妻の家族が集結することは、周知の事実だ。

十一人という子沢山の国王夫妻の子どもたちの内、留学していた長男と、王城に住まう下の子どもたちを除いて、第二王子から第五王子まで男ばかりの上の兄弟たちは国内の騎士団に所属して研鑽を積んでいる。

その内の三人が、一度に到着したらしい。

更に伴侶を喪ってから霊廟に籠もりきりだったという先王まで一緒だと聞いて、シェインは目を見開いた。

第二王子、第三王子、第四王子は半年前の結婚式に参列してくれていたが、先王――ランフォードの父親は、喪中を理由に祝いの言葉だけを手紙で寄越して、まだ顔を合わせたことが無かった。

きちんと挨拶をするべきだろう。

そう思いながら磨いていた鍋を仕舞おうとしたところで、自分の格好が人前に出るものではなく、動きやすい質素過ぎる服だということに気付いて狼狽える。

傍目にも分かるほど、ぐるぐると一生懸命に次の行動を考えながら、小さな黒板と白墨を手に固まってしまったシェインに、乳母が微笑んで言った。

「よろしければ、鍋磨きの続きは私がやりましょう。その間に、どうぞお着替え下さい。国王陛下も王弟殿下もお昼をご一緒する予定ですので、どうぞご安心下さい。まだまだ時間はありますから」

親切な申し出にシェインは頭を下げてから、慌てて『いそいで、したくをします』と黒板に走り書きをして台所を飛び出した。

乳母は微笑みながら、使い込まれていることがよく分かる鍋を手に取って布を握る。

狼獣人は総じて鼻が利く。

そのため伴侶に自分の匂いを丹念に付ける習慣がある。猫獣人の王弟妃は気付いていないらしいが、王弟妃は頭のてっぺんから爪先まですっぽりと王弟の匂いに包まれている。

若い者ならたじろいでしまうだろう濃い香りも、人生経験豊富な乳母にしてみれば、仲睦まじさの象徴のようで微笑ましいばかりだ。

一心不乱に鍋を磨いて乳母が一息吐いたのと、私室に上がっていたシェインが息を弾ませながら台所に飛び込んできたのは、殆ど同時のことだった。

「行きましょうか」

乳母の言葉に、シェインは緊張に背筋を伸ばしながら頷いた。

「一体、何の用だ？」

騎士団に顔を出したところで、国王の秘書から呼び出しを受けて、ランフォードは眉を顰めて兄の執務室へと顔を出した。

シェインと共にいない時、ランフォードの顔の下半分は革製の防具で覆われている。鋭すぎる嗅覚から身を守るために、幼少の頃から着け始めたそれが長時間外されるのは、伴侶と共にある時だけだ。

どんな感情も逃さず、捉えられるように。

早速、王の傍らで働き出したらしい甥のカークランドが、久しぶりに見たランフォードの物々しい姿にぎょっとしたように目を見開いた。

動揺する息子に構わずに、レンフォードが呆れた調子で言う。

「相変わらずシェインと仲睦まじいようで何よりだよ、ランス」

狼獣人の匂いづけとは違う、意識的なものではない——体を交わらせた者同士が自然とまとう移り香に向けられたであろう言葉に、ランフォードが眉を上げた。

ここに伴侶がいれば、さぞかし恥じらって萎縮していたことだろう。

色事に奔放だという猫獣人から外れて奥手な番を思いながら、ランフォードは言う。

「そんなことを言うために呼び出したのか？」

「まさか。——ただ、関係なくもない、というところかな」

「なに？」

「厄介な知らせが届いた。相談をしたいから座ってくれ」

言いながら王が視線を走らせれば、その場にいたカークランドを除く秘書たちがぞろぞろと退出する。代わりに部屋に入って来たのは宰相で、ランフォードに軽く目礼をした。

厄介な知らせ、の内容に見当が付かないまま、ランフォードは示された長椅子に腰を下ろす。

その向かいに王が座り、背後にカークランドと宰相が控えた。

「昨日の夜、アンデロからの書簡が届いた」

そう言うレンフォードの手には、びっしりと文字が綴られた分厚い便箋の束がある。どうやら、それが書簡らしいと思いながら口にされた国名にランフォードの眉が寄る。

「──アンデロだと？」

理不尽な侵略戦争を猫獣人の国ヴェルニルに仕掛けた、狐獣人の住まう島国だ。ランフォードがかの国を相手に剣を振るっていたのは、決して短い期間のことでも昔のことでも無い。

ヴェルニルとの戦に負けた後、戦を仕掛けた父王と、元から戦に反対していた王子の間で兵を用いた争いが起こり、内紛状態になっていた筈だ。

その国からの書簡というだけで、ロクな内容で無いことが窺える。

露骨に不信感を漂わせるランフォードに対して、肩を竦めた王が言う。

「簡潔に言うと、あの国の内紛は終息した。王子の勝利だ。先の戦を起こした父王は処刑されたらしい」

「……実の親を処刑したのか？」

ランフォードの問いに、レンフォードがあっさりと頷く。

「そうらしい」

親族間の繋がりが強い狼獣人には信じられない所業だ。眉を寄せたままのランフォードに対して、レンフォードは淡々と言葉を続ける。

「とにかく、アンデロの新しい王からの言い分はこうだ。『愚かな戦を仕掛けた先王は処刑した。だから、我々と交流を持って貰いたい。和平のための使者を送った』」

「――送った？」

ランフォードが繰り返せば、レンフォードが頷いた。

「そう、送ったんだ。こちらの返答も待たずに、勝手に。――まぁ、手紙には愛国心に走った使者が勝手に国を発ってしまったと書いてあるが。どこまでが本当だかなぁ。何しろ、あの国の王になった者が言うことだ」

だからあの国は苦手なんだ、と苦々しい口調で国王が吐き捨てる。

そんな父と叔父のやり取りを、カークランドが真剣に聞き入っている。次に口を開いたのは宰相だった。

「発った日付から考えて、その使者の到着は明後日になりそうです」

「明後日だと？」

あまりにも急な内容にランフォードが声を上げた。

「明後日からはロルヘルディだぞ？」

「その通り」

ランフォードの言葉に、レンフォードがうんざりした調子で頷いた。

ロルヘルディはウェロン王国の一大行事だ。但し、行事の性質として王城の警備が手薄となるため、国外から客を受け入れることは滅多に無い。

今からでは断りの返事を出すよりも先に、使者が到着してしまう。どうであれ受け入れるしか無いだろう。それを見越して使者を発たせてから書簡を送ってきたとしか思えない。

あまりに強引なやり口に、だんだんとランフォードのまとう空気が剣呑なものになっていく。宰相が怯えたように身を引き、叔父の殺気立った雰囲気にカークランドは固唾を呑んだ。飄々としているのは国王であるレンフォードだけで、書簡の内容について言葉を続ける。

「使者として来るのは、現王の異母姉だ。カテリーナ・イル・クロフ・シェルド公爵。自国でのあだなは『死に太りの貴婦人』」

「――なんだ、それは」

物騒すぎる異名にランフォードが新緑色の瞳を細める。

レンフォードが促すようにカークランドの方を振り向いた。それに慌てたようにカークランドが口を開く。

「公爵は現在、四十代半ばだそうですが――正確な年齢は分かりません。初婚は十代の時です。最初の夫が病死した後、再婚をしていますが、その相手を事故で亡くしています。それからも何度も結婚を繰り返していますが、悉く相手が亡くなって結婚生活が終わっています。その度に、夫が所有していた財産や領地を自分の名義にしているようです。そのお陰といいますか――現在アンデロ国内で一、二を争う資産家だそうです」

甥の簡潔な説明を聞いているだけで頭が痛くなる。後ろ暗いところがたっぷりありそうな経歴に、ランフォードは眉を寄せて言う。

「……その夫たちの死因に不審な点は？」

「あったとしても揉み消されているだろう。暗殺、謀殺はあの国のお家芸だからな」

レンフォードのざっくばらんな感想に、ランフォードは唸るように言った。

「使者には不適当過ぎるだろう。何を考えているんだ、あの国は」

吐き捨てたランフォードの言葉に、気まずい沈黙が部屋の中に落ちた。

新緑色の瞳を眇めれば、宰相が視線を逸らした。カークランドは一度口を開いたものの、何も言わないまま下を向く。

結局、口を開いたのはレンフォードだった。

「――ランス。くれぐれも落ち着いて聞いてくれよ？」

「一体なんだ？」

不吉すぎる前置きともたらされない本題に、苛立ちが募る。噛みつくようなランフォードの問いに、溜息を吐きながらレンフォードが言った。

手の中の分厚い便箋の束を振って言う。

「美辞麗句と持って回った言い回しとお世辞と嫌味と当てこすりを抜いて、あちらの国王が言いたいことを汲み取ると、だ。――猫獣人と狐獣人は性質が近い」

「――？　それがどうした」

それを言うなら、狼獣人も犬獣人と性質が近く似た習慣を持っている。カークランドの留学先として、犬獣人の国が選ばれたのもそれが理由だ。

レンフォードが嫌々という態度を隠さないまま、言葉を続ける。

「──『騎士ランフォード殿は猫獣人がお好きらしいが、狐獣人も試してはいかがか？』と、いうことらしいよ。よろしければ異母姉でお試し下さい、と。あちらの王が言いたいことは、そういうことだ」

発せられた言葉に、部屋の空気が凍り付いた。

宰相が顔をますます青ざめさせる横で、膝を震わせたまま懸命にカークランドが立っている。レンフォードは弟の発する怒気に耐えるように目を瞑ってから溜息を吐き出す。

長すぎる沈黙の後に、ランフォードが言った。

「使者は明後日着くんだな？」

「そうだが──おい、ランス。何をする気だ？」

殺気立つランフォードに、レンフォードが慌てた声で言う。ランフォードは真顔のまま言った。

「手土産に使者の首でも持たせてやれば、少しは黙るか。あの国は」

冷え切った部屋の空気が砕ける音がした。

宰相が身を乗りだし、カークランドが懸命に言う。

「叔父上、落ち着いてください──」

「落ち着いていられるか！」

返ってきたのは凄まじい怒号だった。

「私の『番』を愚弄する言動を許しておけるか！」

沈黙が落ちる。

狼獣人にとっての番はたった一人、かけがえの無い存在だ。鼻が利くこともあって、誰と誰が番なのかという情報は同じ種族の中では筒抜けになる。浮気や不倫は最も軽蔑される行為であり、侮蔑の対象だった。元々、親族間の繋がりが深く、愛情深い種族であることから、互いへの愛情を誓うということはそれが永久に続くことを意味している。

そして騎士ランフォードの猫獣人の伴侶への溺愛ぶりは、国内外で有名だった。

この申し出が仮に、アンデロと同じ気質を持つ猫獣人の国ヴェルニルになされたものであれば、身分の高い女性からの一夜の誘いということで――ある意味、名誉なこととされただろう。

しかし、狼獣人にとって公然とした浮気の誘いは、侮辱以外の何物でも無い。

番への愛情を軽んじられたと同時に、軽率に番を裏切って簡単に他の者の誘いに乗る男だと言われたに等しい。何より番に代わりが利くと思われていることが、狼獣人にとって我慢し難い。尻尾を逆立てて怒り狂う弟を見つめて、疲れたような顔でレンフォードが頬杖を突いて言う。

「――お前が怒り狂う気持ちは分かるよ。私も読んでいるだけで気分が悪いし、自分が言われたら正気でいられる自信が無い。いくら習慣が違うとはいえ、我々にとってこれほどの侮辱は無いからな。だが――アンデロの使者を問答無用に斬り殺してみろ。今度は、ウェロンとアンデロの戦だ。それも非はこちらにあるように言い立てられるぞ。――あちらの王は、そうなっても良いと思ってこんな書簡を送ってきたんだろうがな。まったく、異母とはいえ姉だろうに。あの国の姉弟愛は麗しくて涙が出るよ」

言いながら長椅子に書簡を放り出して、少し前のめりになったレンフォードが言う。

「もしも、アンデロと戦になった時に、先陣に立つのはお前だぞ？」

兄からの言葉に、ランフォードは沈黙した。

「お前が引き起こしたことだからな。もちろん、理由を公にすれば使者を斬り殺しても仕方がないと民は納得してくれるだろう。ただ、お前もよく知っているだろうが、あの国はとにかく面倒だ。本格的に戦になったら、一年や二年では絶対に済まない。根本から叩き潰そうと思うなら、あの国丸ごとこちらが統治するしかないが——無駄に野心家な貴族たちが隙を見れば反乱を起こして内乱と内紛まみれのあの国に、そこまでの労力をかけて何か得があるか？　お前が一生かけて統治したところで、どうせお前が死んだら元の木阿弥になるのは目に見えているぞ。関わらないに限るだろう」

沈黙したランフォードに、レンフォードは言葉を続ける。

「それに、あんな危険な国へシェインを連れて行くつもりか？　それとも戦の間は、王城に一人で置いていくのか？　お前の居城にたった一人にするつもりなのか、あの子を？」

その言葉に、ランフォードが固まった。

新緑色の瞳が見開かれる。

側に一生いてくれ、と。

そう懇願して誓った相手だ。それを危険な戦地に連れて行くなんてあり得ないし、自分の愚行が原因で一人きりにさせるなんて以ての外だ。

奥歯をぎりぎりと噛みしめながら、ランフォードは短く言った。

「……使者との接触は出来るだけ避ける」

口にされた理性的な回答に、宰相とカークランドから安堵の息がこぼれた。レンフォードは疲れたように溜息を吐いて言う。

「ぜひとも、そうしてくれ。分かりやすく色仕掛けをされても、くれぐれも早まったことはしないように。せいぜい相手の気を挫くぐらい惚気てやってくれ」

「──用件はそれだけか？」

心が波立って仕方がない。苛々とした口調で言うランフォードに対して、レンフォードは少し考えるように深緑色の目を細める。

「あの国の使者がロルヘルディめがけてやって来ることが引っかかっているんだがな」

含みのある兄の口調に、ランフォードは聞き返す。

「……どういう意味だ？」

「『死に太りの貴婦人』の歴代の夫は、いつも年上ばかりだ。私とお前は、彼女の標的としては少しばかり若いんだよ。まぁ、私の息子たちもいるが──彼女が標的にするには若すぎる。もしかしたら、お遊びに粉をかけるぐらいはしてもらえるかも知れないが？」

「結構です」

父からのからかい混じりの言葉に対して、カークランドが顔を歪めて言った。辛辣な息子の反応に構わずに、レンフォードが言う。

「ロルヘルディの期間に、一人だけ彼女の標的にぴったりな人物が王城に滞在するな？　この機会を逃したら、次はいつ表に出て来るのか分からない隠遁者が」

さすがに、そこまで言われればランフォードにも分かる。うんざりとした口調でランフォードが言う。

「――使者の本命は、父上の後添えか？」

「『死に太りの貴婦人』は、富に貪欲らしい。先王とはいえ後添えになれば、資産が増えるという計算だろうが――」

そこで兄弟は目を合わせた。そして互いに、心底呆れを込めた口調で言い合う。

「無理だろう」

「無理だろうな」

自分たちの父であり、血を引いているからこそ分かる。

狼獣人の王族の愛情が、どれだけ根深く強力か。

その根元となる人の心を、たかが打算の色仕掛けで覆せる筈も無い。

そんなことも分からないのかと言ってやりたいが、分からないから無謀な賭に打って出られたのだろう。

つくづく狐獣人とは相性が悪いと溜息を吐く弟を見ながら、誰にともなくレンフォードが期待していない口調で呟いた。

「とにかくアンデロの使者殿が、何事もなく静かに帰ってくれることを祈るよ」

＊＊＊＊＊

「お久しぶりです、シェイン様。改めまして、エルラント・フェイ・ルアーノです！」

「お久しぶりです、シェイン様。改めまして、ウィルラント・フェイ・ルアーノです！」

「お久しぶりです、シェイン様。改めまして、フェルナント・フェイ・ルアーノです！」

三つの同じ顔が口々に違う名前を名乗るのに、シェインは菫色の瞳を瞬いた。

第二王子、第三王子、第四王子は共に十八歳——そして三つ子である。

長男のカークランドよりも茶目っ気あふれる闊達そうな茶色の瞳をした三人は、狼獣人なら匂いで判別が可能だろうが、生憎それほど鼻が利かない猫獣人のシェインにとって誰が誰なのか見分けるのは困難だ。

ぺこりと頭を下げて挨拶をしながら、名前を間違えないよう慎重にそれぞれを見極めようとしたところで、三つ子が次々に口を開いた。

「以前にお会いした時は言いそびれましたが、カーライルがご迷惑をおかけしました！」

「悪気がある訳では無いんですが、カーライルは根が単純でして！」

「マリーとサラが生まれるまで、兄弟で一番年下だったこともあったので、我々が散々に甘やかしたのも悪いのですが！」

違う口が同じ事柄について語るのに、頭が混乱してくる。

けれど話の内容が第五王子のカーライルについてだと気付いて、シェインはハッとして周囲を見回した。

一年前。込み入った事情の中で、シェインは一度、カーライルから糾弾されている。その後、本人から謝罪は受けていたが、第五王子はその騒動の後に僻地の騎士団へ派遣されていた。今回のロルヘルディには当然参加するものだと思っていたが、帰城の知らせは未だに聞いていない。

シェインのせいで、せっかくの家族団欒に参加しないのだろうか。

そんな心配をして見回した先で、末子のナターシャを抱いた王妃と目が合った。

三つ子と同じ茶色の瞳を優しく細めながら、ノエラが言う。

「心配いりませんわ、シェイン様。あの子の住む地方は天候が荒れていて——少し出立が遅れただけのようですから。ロルヘルディの初日には間に合いませんけれど、必ず帰ると便りは貰っています」

その言葉にほっとすれば、王妃の腕の中でナターシャが火が付いたように泣き出した。思わず飛び上がるシェインと対照的に、王妃は落ち着き払っていた。

「ほらほら、あなたたち。末っ子の天使が泣いているから、あやしてちょうだい。わたしはお義父様にシェイン様を紹介してくるから」

それに三つ子たちが元気よく言う。

「助かります、母上！　正直、シェイン様と叔父上が仲睦まじ過ぎます！」

「叔父上の匂いづけが強力過ぎると思いませんか、母上！」

「はっきり言うと叔父上の匂いづけが怖いです、母上！」

三人がわらわらと末っ子を取り上げて、代わる代わるあやしていく。その手慣れた様子を感心して見つめていると、息子たちの騒がしさとは対照的に、おっとりと王妃が言った。

「シェイン様、お食事の前にお義父様にご挨拶にいきましょう。お義父様は、今はマリーとサラとスーとミューとエリィのお相手をしてくださってるの」

──先王が一人で五人の孫の面倒を見ているのか。

驚いてシェインは目を見開いた。

義父とはいえ、先王だった人が子守をするなど、シェインの故郷では考えられないことである。こくこくと頷けば、王妃が先導するように歩き出す。部屋を出ると王妃が溜息を吐きながら言った。

「──あの子たちったら幾つになっても騒がしくって、本当にごめんなさいね。吃驚したでしょう？　騎士団に入れば少しは落ち着くんじゃないかと思っていたんですけれど。いつまで経ってもあの調子なんだから、困ったものだわ。誰に似たのかしら？」

きっとレニーだわ、と責任をさらりと王に押しつける王妃の言葉に、シェインは同意も否定も出来ずに首を傾げた。

長男のカークランドは年相応に落ち着いているが、それ以外の国王夫妻の子どもたちは、とにかく元気溌剌としている。そして性根がまっすぐ育っているのがよく分かる。

それがどちらに似ているのか、と聞かれてもシェインには見当が付かない。

――だが、とても良い子たちなのは分かる。

げんきがいちばんです。

昔、下働きをしていた公爵邸のメイド頭がよく口にしていた台詞を白墨で黒板に綴ると、王妃が嬉しそうに顔を綻ばせた。

それからシェインに向けて手を伸ばし――ハッと気付いた顔で手を引っ込めてから、王妃が葛藤と共に唸りながら言う。

「わたしがシェイン様を抱き締めてお礼を言ったらランスが怒るのよね……。――本当にもうランスったら、家族なんだから良いじゃないの！　独占欲も行きすぎると嫌われるのよ！」

最終的にもどかしげに地団駄を踏みながら義弟についての苦情を言う王妃は、年齢にそぐわず可愛らしい。思わず笑みを浮かべるシェインを、王妃はそのまま客室の一つに案内した。

「お義父様？　シェイン様をお連れしましたわ」

ノエラに続いて部屋の中に足を踏み入れて、シェインは部屋の中の光景に瞬きをした。

椅子に座っているのは、厳格そうな表情の狼獣人だった。銀色の毛並みと、翡翠色の瞳。国王や王弟であるランフォードが年齢を重ねたら、こんな風になるのだろうと思わせる顔立ち。白い髭を蓄えているのが印象的で、どこか超然とした雰囲気を漂わせている。

普段は霊廟に籠もって隠遁していると聞いていたが、僧侶と言われても納得するような出で立ちだった。

——ただ、椅子に座るその人の膝の間には二歳の孫娘エリンが陣取り、顎から伸びた長い髭を興味深そうに引っ張っている。右膝、左膝に座っているのはスーザンとミュリエルの双子で、二人は広げられた絵本を食い入るように見つめていた。その足下で、マリアとサラが用紙を広げて手や顔を汚しながらお絵描きに夢中になっている。

先王が漂わせる厳格な雰囲気と、子どもたちの自由奔放な様子との落差に、呆気に取られる。

母親とシェインが入室して来たことに気付いて、エリンが顔をぱっと輝かせながら膝の間で立ち上がる。

「にゃんにゃん！」

その呼びかけに、すかさず両側に控えていた双子が言う。

「にゃんにゃんじゃないの！」

「おじさんのおよめさん！」

「おじしゃにょおにょめしゃ？」

舌足らずに双子の言葉を繰り返すエリンの言葉に王妃が笑って、先王に近付いた。

「すみません、お義父様。子どもたちのことをお任せしてしまって」

そう言いながら、エリンを抱き上げる。エリンの好奇心いっぱいの瞳は、相変わらずシェインを見つめていた。

「おじしゃーにょおにょめしゃ！」

もはや原形の無くなったエリンの言葉に、王妃が笑って言う。

「叔父さんのお嫁さんよ。ご挨拶はなんて言うのかしら？」

「こんにちは！」

弾けるような笑顔と共に紡がれた言葉に、シェインは微笑んで頭を下げた。それにエリンがぱっと顔を輝かせた。

「にゃんにゃん、にこってした！」

「叔父さんのお嫁さんね。エリィがちゃんと挨拶をしたから、挨拶を返してくれたのよ。良かったわね」

根気強く訂正の言葉をかけながらノエラが言うと、母親の誉め言葉に触発されたのか絵本に夢中だった双子と、お絵描きに夢中だった双子が一斉にシェインの方を見た。

「こんにちは！」

挨拶の大合唱に思わず笑いながらシェインが微笑んで頭を下げれば、それぞれが満足げな顔をする。そんな子どもたちに向けてノエラが言った。

「さぁ、お祖父様とシェイン様がご挨拶をするから、わたしたちはお昼の前に手を洗いにいきましょうね。スー、ミュー？　絵本を置いて、お膝から降りてちょうだい？　マリー、サラ？お絵描きはおしまいにして、スーとミューと手を繋いでくれる？」

そんな言葉と共に、王妃が子どもたちをぞろぞろと引き連れて部屋を出て行く。残されたのは孫娘に髭をぼさぼさにされた厳格そうな先王と、シェインだけである。

しん、と沈黙が漂った。

無言で顎の髭を梳いて整える先王に、抱えていた携帯用の黒板と白墨でシェインはひとまず挨拶を綴る。

はじめまして、シェインです。

そのまま、ぺこりと頭を下げるシェインを、先王はじっと見つめていた。しばらくの沈黙の後、静かに先王が口を開いた。

「――ユングエル・フェイ・ルアーノだ。レンフォードとランフォードの父親だ」

端的に事実を口にする相手の顔を正面から見返す。

――ランスに似ている。

親子なのだから当たり前だが、翡翠色の真っ直ぐな視線が伴侶を思わせる。どうやら、ランフォードは特に父親似だったようだ。

そんなことを思いながらじっと視線を合わせるシェインに、ユングエルが微かに労るような表情をして言った。

「――ランフォードの番は大変だろう」

その言葉にシェインはきょとんとして、首を横に振る。

この上無く大切にされ愛情を注いで貰っている。

先王が言うところの大変、というのが何を指しているのか分からないが、少なくともシェインは大変というほどの苦労を感じたことは無い。

しあわせです。

出会ってからのことを思い出しながら、率直な言葉を綴ってシェインは微笑んだ。

その様子に翡翠色の瞳が細められる。

そして、その瞳がふいと扉の方へ逸れた。

――？

シェインは不思議に思って、その視線を追う。

すると勢いよくドアが開き、見慣れた姿が飛び込んできて名前を呼ぶ。

「シェイン」

菫色の瞳を見開けば、ランフォードがいつもシェインと共にいる時以外は欠かさず着けている革製の防具を口元からむしり取りながら部屋に入ってきた。

心なしか疲れたような顔をしている。

どうしたのだろうか。

心配をしていると、ランフォードは父親に軽く目礼をして、勢いよくシェインに歩み寄ってシェインの体を思い切り抱き締めた。

――ランス？

おろおろしながら伴侶を抱き締め返す。

そのまま、不思議に思いながらもランフォードに身を委ねていたが、ふと誰の目の前なのかを思い出してシェインは慌てた。

どう考えても初対面の――伴侶の父親に見せるような場面ではない。

慌てふためきながらも、ランフォードに回した腕を解かないシェインの様子と、最初の目礼から全くこちらを見もしない息子に対して、ユングエルが呆れたような苦笑混じりの声で正直な感想を述べた。

「――仲が良くて何よりだ」

第二章

薄暗い部屋の中。

酒の匂いと、香の匂いが入り交じった淀んだ空気。

風景の全てが灰色だ。

その中で――女の啜り泣く声がする。

あれは、誰だったろう。

「――ン？」

テーブルに顔を伏せるようにして泣く猫獣人の女。

「――イン？」

その相手に、自分は懸命に声をかけている。

「――ェインッ？」

けれども、声が届くことは無い。

「――ッ！」

こっちをみて、ねぇ。

――。

「シェイン!!」

ぱっと風景が切り替わって、何が起こったのか分からない。

新緑色の瞳と目が合ったと同時に、みるみる内にそれが歪んでいく。

自分が眠っている間に泣いていたのだと気付いたのは、その時だった。慌てて体を起こして目元を拭おうとするシェインの動きを止めて、ランフォードの指先が優しく眦に触れる。

「どうした？」

優しく訊かれるのに、どうしてか分からずにぽろぽろと涙が湧き出て止まらない。

わからない。

でも、かなしい。

差し出された掌に率直な思いを綴れば、心配げな顔をしたランフォードがシェインの体を優しく抱き締めた。

二人の部屋。

いつもの寝台の上。

昨日もいつものように睦みあって、穏やかな眠りについたのだ。

温かい腕が自分を抱き締めてくれるのに安心して、それと同時に自分がどうしてこんなに泣いているのか不思議で仕方がない。

相手の胸に顔を寄せて、そのまま小さく身を縮めると、ランフォードが労るように体を撫でてくる。

何か夢を見ていたのは確かだが、それがどんな夢だったのか思い出せない。

ぽろぽろと菫色の瞳から雫をいくつも落とすシェインを見て、ランフォードが心配げに眉を顰めて言った。

「シェイン？」

少しだけ顔を上げれば、新緑色の瞳と目が合う。

「今日は——休んでいるか？」

今日、と聞いてシェインは瞬きをした。

まだ薄暗い室内。陽は完全に昇り切っていないようだ。

——そして、今日はロルヘルディの初日だ。

アンデロからの使者が、昼頃に到着するだろうということも聞いている。それらの事柄を思い出して、シェインは慌てて首を横に振った。

体調が悪い訳では無い。覚えていないが、ただ夢見が悪かっただけだ。そんなことで休んではいられない。

だいじょうぶ。

慌ててそうランフォードの掌に綴るシェインを見て、ランフォードが深刻な顔をする。

「だが——」

なおも心配げな伴侶に、シェインは重ねて同じ言葉を綴る。

だいじょうぶ。

ようやく涙も止まった。胸を満たす深い悲しみの感情も、すっと溶けて消えていく。ほっと溜息を吐きながら、シェインは思い切りランフォードの胸に抱き付いた。

とくとくと伝わってくる相手の鼓動に安心する。穏やかになっていくシェインの気持ちを察したようで、ランフォードの体からも力が抜けていくのが分かった。

労るように頭を撫でてくる掌が気持ちよくて、思わず目を細める。

アンデロからの使者が来ると決まってから、シェインに対して普段から過保護なランフォードはいっそう過保護になったような気がする。

使者はアンデロの国王の異母姉で公爵だということしかシェインは聞かされていない。表向きにはヴェルニルの末王子ということになっているシェインはどんな対応をすれば良いのか悩んだが、王から「君はランスの伴侶として最低限の挨拶だけしてくれれば良い」と言われていたので、それほど気にしていなかった——けれど他に何かあるのだろうか。

考え込んでいると、ランフォードの掌が頭から頬に滑る。もう泣いていないことを確かめるように、何度も目元を往復した指先がそのまま今度は耳の付け根に戻る。

黒い三角耳の付け根を擽るように撫でる指先が心地よい。シェインが本物の猫ならば喉を鳴らしていただろう。そんなシェインの様子に目を細めて、ランフォードが言った。

「まだ夜明けまで時間がある」

もう一眠りしよう、と促す声に頷きながら相手の胸に抱かれる。

そうしていると、なんだかどうしようもなく切ない気持ちが押し寄せてきた。どうしてか分からない悲しみの感情に揺さぶられるままランフォードの体にぴったりと身を寄せる。

「――シェイン？」

大丈夫か、と声をかけるランフォードを見上げる。

――ランス。

無性に、ただ相手の名前を呼びたくなった。

それなのに、たった三つの音すら紡げない自分がもどかしくて堪らない。

呼びたい。

そんな想いと共に、シェインは唇を小さく動かした。

「――――」

掠れた空気しか吐き出さない喉が鳴る。

今に始まったことではないが、それが妙に悲しくて仕方がない。

自分はどうしてしまったのだろう。

そんなことを考えながら、何度も繰り返し音の無い声で名前を呼べば、じっと唇の動きを見つめていたランフォードが静かな声で言った。

「――聞こえている」

どうした、と優しく訊いてくれる新緑色の瞳に、シェインの目からまた涙がこぼれた。

形にならない言葉を、きちんと拾い上げてくれるのが嬉しくて切ない。

鳩尾のあたりがぎゅっとして息が詰まる。そんなシェインを抱き寄せながら、ランフォードが言った。

「ロルヘルディが始まったからだ」

「――？」

唐突に口にされた祭りの名前に、シェインは瞬きをした。シェインの夢見の悪さと、ロルヘルディがどう関係しているのだろう。

不思議に思っていると、安心させるようにシェインの背中を擦りながらランフォードが言葉を続けた。

「死者が帰ってくる時期だから、何かを感じて不安定になる者もいる」

子どもの夜泣きが酷くなったり、大人でも夢見が悪くなったりすることは、よくあることらしい。この時期をこの国で過ごすのは、自然と狼獣人だけになる。子どもの頃から慣れ親しんで自身の体質を把握している者たちが殆どだが、そこから外れているシェインにはなんらかの体の変調が起こってもおかしくないとランフォードが言う。

「私はそれほど影響が出ないから、失念していた。先に伝えておけば良かったな、すまない」

真摯な謝罪に首を振る。突然の夢見の悪さと、心許ない気持ちに翻弄されていたが、原因があると指摘されてほっとする。シェインの体から少しだけ力が抜けると、ランフォードが言った。

「ロルヘルディの間は、執務も少なくなる。私が側にいるから――我慢はしないでくれ」

シェイン、と鼓膜を揺らす音が、あまりにも優しい。

それに目を瞑りながらシェインはランフォードに思い切り抱きついた。

「何を言ってるんだ？　初めてのロルヘルディの時、お前は夜泣きが酷かったじゃないか」

やや寝不足の顔のレンフォードが、呆れたように眉を上げてそう言った。兄の言葉に心当たりがないらしいランフォードが眉を顰める。

アンデロからの使者の到着時刻が判明し、支度をしてランフォードとシェインが出向いた謁見の間。同席する予定の王妃の姿が見えず、どうしたのかと訊ねれば、末子のナターシャの夜泣きが酷く、国王と王妃と乳母が順繰りに一晩中あやし続けていたとのことだ。

朝になってようやく寝付いた末子に付きっきりだった王妃を労り、最初の出迎えに同席しなくてもいいように手配をしたと、国王は事も無げに告げた。

その話を聞いて、シェインも夢見が悪かった旨を告げれば、王からもたらされたのは意外な思い出話だった。

困惑気味にランフォードが言う。

「――覚えていない」

そんな弟に、欠伸混じりにレンフォードが続けた。

「父上に訊いてみたら良い。お前は、ただでさえ鼻が利いて気難しかったのに、ロルヘルディの時はいっそう酷くなって母上が手を焼いていたぞ。お前が、まだエリィぐらいの歳の頃だ」

それなら覚えていないのは無理もない。相変わらず怪訝な顔で首を傾げるランフォードから、その腕の中のシェインに目を向けてレンフォードが言う。

「君が不調だと釣られて弟の具合も悪くなる。だから、遠慮なく甘えてやると良いよ」

――普段から十分に甘えて、甘やかされていると思うのだが。

困ったような顔をするシェインを見つめて、王が溜息を吐いた。

「アンデロの使者殿も、君ぐらいに遠慮深くいてくれれば良いんだが。せっかくのロルヘルディなんだ。亡くなった夫たちとでも交流を深めて静かにしていれば良いが――」

そんな訳にはいかないだろうな、とぼやく王の言葉が終わって間もなく、支度を整えた使者が謁見の間に赴いたという知らせが届いた。

――眩しい。

謁見の間に足を踏み入れた人を見て、シェインが最初に思ったのは、そんなことだった。

その人の纏う雰囲気が眩しかったのではなく、その人が身に纏った衣装が物理的にただ眩しかった。

現れたのは、豪華絢爛な衣装を着た狐獣人の女性だった。

胸元を強調するドレスに、レースや金銀糸がふんだんにあしらわれている。質実剛健な文化を持つウェロンに来てからは目にしたことのない派手な衣装で、シェインの目はちかちかした。

四十代と聞いていたが、女公爵はそれよりも大分若く見えた。たっぷりとした金色の髪を凝った形に結い上げ、瑠璃色の瞳が引き立つような化粧をしている。そして、贅沢に焚きしめているらしい――甘ったるい香の匂いが全身からした。

である。

猫獣人のシェインが、それなりの距離を取っているにもかかわらず、はっきりと分かる香り

狼獣人の中でも特に鼻の利く伴侶を心配して目を向ければ、新緑色の瞳が冷え冷えと女公爵に向けられている。そのまま、ランフォードが無言でシェインの掌を握ると、シェインもランフォードの手を無言で握り返した。

そんなやり取りが行われているのに気付いた様子も無く、使者は妖艶に微笑んで優雅にドレスの裾を広げる。

レンフォードが取り繕った微笑みと共に、淡々と言った。

「アンデロからの長旅ご苦労だった。ウェロンの国王、レンフォード・フェイ・ルアーノだ」

名乗るレンフォードに対して、狐獣人の公爵は微笑みながら身に付けている香と同じような甘ったるい口調で言う。

「急な訪問にもかかわらず、歓迎していただき感謝申し上げますわ。アンデロの国王の異母姉で、公爵のカテリーナ・イル・クロフ・シェルドと申します。どうぞ、カテリーナとお呼び下さい」

「確かに、急な訪問の知らせで驚いた。歓迎に至らないところがあるのはご容赦願おう、使者殿」

最後の申し出をさらりと無視して、レンフォードが表面上にこやかに言葉を続ける。

「申し訳ございません。異母弟のたっての願いということもありまして、居ても立ってもいら

れずに飛び出して来てしまいました。新王は心からアンデロとウェロンの和平を望んでおります。一刻も早く異母弟の憂いを取り除きたかった姉の浅慮を、お許し下さいませ」

狐獣人が口を開くごとに、ランフォードの顔色が悪くなっている気がする。シェインは思わず、握っていた掌を取って文字を綴る。

だいじょうぶ？

新緑色の瞳がシェインに向けられて、微かな頷きが返される。ランフォードはシェインと共にいる時は、匂いを防ぐための防具をしていない。そのせいで、シェインが気付かない不快な匂いをもろに感じ取っているのだろう。

はらはらしながら問いかければ、微かにランフォードが唇を動かして低く言う。

「――大丈夫だ」

気もそぞろなシェインと顔色の悪いランフォードに構うことなく、国王と使者の言葉の応酬が続く。どちらも笑顔だが、心の底からの笑顔で無いことは一目瞭然で、会話はどこか寒々しかった。

「ご存じの通り、今は国を挙げての祭事の最中だ。絢爛豪華を好む狐獣人の公爵殿の趣味には合わないだろうが、郷に従ってくれれば幸いだ」

「勿論でございますわ。わたくしの仕事はアンデロの新王の言葉を届けて、ウェロンの国王陛下の言葉を国へ持ち帰ることですもの」

「それを聞いて安心した。お付きの方々にも、くれぐれもその旨は言い聞かせていただきたい。

死者が帰る――なんて迷信だと思われるかも知れないが、故人を偲ぶ良い機会だと思って貴殿にも過ごしていただければ幸いだ」

「そうですわね。わたくし、運に恵まれませんでした。そのせいで何人もの夫を見送ることになってしまいましたもの。夫たちを悼む機会とさせていただきますわ」

するすると紡がれる女公爵の言葉に、いよいよランフォードの顔が険しくなる。いっそ伴侶を連れて退席を願い出ようかと思いながら、縋るように玉座に目をやると、深緑色の瞳がちらりとシェインとランフォードに向けられた。

さらりと王が言う。

「紹介が遅れて申し訳ない。そこに控えているのが、私の弟のランフォード・フェイ・ルアーノだ。その隣にいるのは伴侶のシェイン・フェイ・ルアーノだ」

王の紹介に対して、ランフォードは義務的に頭を下げるだけだった。

シェインはどちらにせよ、声が出せないので歓迎の言葉を発することなど出来ない。ランフォードに倣うように頭を下げて顔を上げると、瑠璃色の瞳が品定めするようにシェインを凝視しているのに気付いて、思わず身が強ばった。

カテリーナの強すぎる視線に気付かないフリをして、レンフォードが軽やかに言う。

「すまないな、私の弟は武に秀でているが、愛想が無いんだ」

王の謝罪にすぐ向き直って、華やかな笑顔と共にカテリーナが言った。

「とんでもないことです。あの高名な騎士ランフォード様にお引き合わせいただき光栄ですわ。

それに、ヴェルニルの王族だった方にまで歓迎していただいて——父の愚かな所業をお許しいただけましたのね。寛大なお心、感謝いたします」

　何食わぬ顔で図々しい言葉を滑り込ませるカテリーナに、笑顔のレンフォードが言った。

「また、姉心が先走って早とちりをされていないか？　ここに我々が揃っているのは、あくまでアンデロという国の王の代理で訪れた貴殿に対する礼儀だ。和平も赦しも、まだそちらの意思を見せて貰っていないのに出来るものではないだろう？」

　その指摘に怯む様子もなく、小首を傾げながらカテリーナが言う。

「まぁ、申し訳ございません。愚かな誤解でした。お許し下さいませ」

「いやいや、麗しい姉弟愛で何よりだ。——私の妻は体調を崩しているので、謁見は控えさせて貰う。ささやかな晩餐を用意するつもりでいるので、そちらで妻とは顔を合わせていただきたい」

　王妃が体調を崩している、という言葉にカテリーナの瑠璃色の瞳がきらりと光った。

　大仰に目を見開いてから、女公爵は言う。

「まぁ、王妃陛下はお体が悪いのですか？　わたくしのことなど気になさらず、どうかお体を労ってお休み下さって結構ですのに——」

「心配無用だ。私が大事を取って休ませただけで、本人はぜひとも面会したいと言っていた。ご存じだろうが、我々の種族は伴侶に対して過保護なのでね」

「左様でございますか、仲がよろしくて何よりですのね」

「貴殿も長旅でさぞ疲れただろう。今日は晩餐までゆっくりと休んでくれ。話し合いは、明日から行おう」

王が代わったとはいえ、一年前にウェロンがアンデロを降した事実は変わらない。その事を突きつけるように自然と主導権を握る王に、嫣然と微笑んで頭を下げると、カテリーナは謁見の間を後にした。

「――さて。大丈夫か？　ランス？」

使者の足音が聞こえなくなり、甘ったるい残り香が随分薄れてからしばらくして発せられた王の問いかけに対して、無言のままランフォードが傍らにいたシェインを引き寄せて抱き締めた。そのままシェインの肩口に鼻梁を埋めて、唸るように言う。

「あれと晩餐を一緒にしろと？」

獰猛な響きを含んだ伴侶の声に、シェインは心配を募らせる。

レンフォードが溜息と共に言った。

「仕方がないだろう。どんなものでも客は客だ――が、その様子だと相当酷い臭いがしたな？」

「あの女が口にした言葉は殆ど嘘だぞ」

ランフォードの断定に驚いてシェインは目を見開く。国王である異母弟を案じる言葉も、ロルヘルディに亡夫を悼むと告げた殊勝さも、体調が悪いという王妃に向けられた気遣いも、全てが嘘だと言うのだろうか。

あんなに平然と嘘を吐ける人間がいる、という事が信じられない。

けれど、ランフォードの嗅覚がどれほど鋭敏かシェインはよく知っている。

他者の感情を正確に読み取る鼻は、嘘も容易く嗅ぎ分ける。

だからこそ、シェインの声無き声もきちんと拾い上げてくれるのだ。

心配になって、伴侶の背中を擦れば、小さく息を吐いたランフォードが肩に埋めていた鼻梁をシェインの首筋に押しつけて、おとがいを辿って項のあたりに顔を埋めた。

──そんな伴侶を呼ぶ声も、かけられる言葉も無い。

そう思うと、途端に自分が情けなくなる。きゅっと鳩尾のあたりが縮んだような気がして、呼びかけが出来ない代わりにランフォードの頭を抱えるようにして抱き締めた。

「──シェイン」

いつもより弱々しい呼び声に、精一杯応えるように抱き締める腕に力を込める。すると項のあたりに押しつけられていた硬い鼻梁の感触が離れて、今度は柔らかい──唇の感触に変わった。優しく肌を吸われる感触に、思わずシェインは体を震わせる。

途端に、玉座から咳払いが聞こえた。

「──ランス？　頼むから、それ以上するのなら部屋に戻ってからにしてくれないか？　お前も晩餐まで休んで良い。騎士団には私から手配をしておくから」

その言葉に、ここがどこかを思い出してシェインは顔を真っ赤にする。

詫びを王に告げる暇も無く、シェインはランフォードの手によって抱え上げられて、そのまま謁見の間から連れ出された。

＊＊＊＊

ランフォードが想像していたものより百倍——アンデロの使者からは、酷い臭いがした。

一つ言葉を発する度に、濁った香りが強くなる。

喩えるなら、淀んで溜まった水が、そのまま腐ったような臭い。

それが香の甘ったるい匂いと混ざり合って鼻に届くのだから、吐き気がしてどうしようもなかった。

自分と伴侶の香りしかしない寝室。

その寝台の上にシェインの華奢な体を横たえてから、鼻先をすり付けるように肌を唇で愛撫する。

戸惑ったような菫色の瞳は、一つだけ瞬きをして、そのまま咎めるでもなくランフォードの性急な行為を受け入れてくれる。

己の匂いで染め上げた黒猫獣人から香るのは、純粋な心配と好意と愛情。それから——ほんの少し、自分自身を責めるような感情ばかりで、先ほど嫌というほど嗅がされた悪意も奸計も欺瞞も無い。相変わらず清らかな香りに、心の底からほっとして、ひたすら相手を衝動的に求めてしまう。

今朝、初めてのロルヘルディで夢見が悪かった相手を慰めていたというのに、今は自分が慰められているのだからどうしようもない。

そんなことを頭の片隅で思いながら、唇を重ね舌を絡めて歯列をなぞる。

組み敷いた伴侶の薄い胸が上下した。ほんのりと色づいた肌に掌を滑らせれば、そろりとその手に相手のそれが重ねられる。そのまま、指先が文字を伝えてくれる。

だいじょうぶ？

綴られた文字と共に伝わるのは、純粋にこちらを労る感情で、ほっと溜息を吐きながらなるべく穏やかな声で告げる。

「大丈夫だ」

ほんとう？

「私は嘘を吐かない」

特に、目の前の伴侶には。

それでもまだ心配を向ける相手に、ランフォードは微笑みながら言った。

「シェインがいるから、大丈夫だ」

先ほどまで鼻の奥にくすぶっていた濁った香りも、それに伴う嫌悪感も、綺麗に洗い流されている。

時折、相手の感情に引きずられて暗くなる心の澱を取り除いてくれるのは、生まれてから今まで目の前の相手だけだった。

ランフォードに対して、シェインはよく優しいという言葉を用いるが、ランフォードがシェインに対して優しいのは、何よりシェインが優しいからだ。

悪意や嫌悪から来る言葉への対応も切り捨て方も知っているが、純粋な質問に対する正しい答えをランフォードは把握していない。

幼い姪からの問いに咄嗟に言葉が詰まったのはそのせいだ。剝き出しに本質を突く言葉は、扱いに困る。

けれども、当の本人は傷つくでも狼狽えるでも無く、優しく言葉を嚙み砕いて姪の質問に答えていた。

それはシェインがランフォードと出会う前に培ってきたものなのだろう。その場限りの上辺のものだけでない、芯のある優しさ。

一度だけ顔を合わせた——母親に捨てられて途方に暮れていたシェインを拾い上げたという人の好い猫獣人の顔が思い浮かぶ。その他、名前しか知らない——共に公爵邸で働いていたという彼の「家族」たちのことも。

シェインを今のシェインとして形作ってくれた全てのものに感謝する。

そして、シェインが自分の傍らにいてくれる事実にも。

「——側にいてくれ」

それだけでランフォードの世界は美しいものに変わる。

そのまま鼻先を擦り合わせるようにして目を合わせれば、菫色の瞳が困ったように揺らいで伏せられた。相手から仄かな羞恥心が香るのを感じつつ、軽く唇に吸い付くと、しなやかな黒い尻尾が体に巻き付いてくる。

そんな些細な動作一つで、ランフォードの心は簡単に軽くなってしまう。

「シェイン」

きょとんとした菫色の瞳、自然と湧き出た言葉を告げる。

「愛してる」

それにふわりと笑った相手が腕を伸ばして、ランフォードの背に両腕を回した。

好き。

大好き。

愛してる。

時折たどたどしく指先で伝えてくれる言葉と同じ気持ちが流れ込んでくる。それに惹かれるまま、今度は唇を深く合わせた。

そのまま触れた肌が溶け合うように、優しく熱を分け合っていれば――先ほどアンデロの使者に抱いていた不愉快な感情は嘘のように消えていた。

＊＊＊＊

「ひえッ！」

晩餐の席にランフォードに伴われて姿を現したシェインを見て、異口同音に悲鳴を上げたのは国王夫妻の三つ子の兄弟だった。

晩餐に出席するのは、先王と国王夫妻、それから上の兄弟たちと——王弟夫妻に限るという旨は先に知らされていた。やんちゃ盛りの下の子どもたちに外交の席はまだ早いだろうし、何よりアンデロからの使いの毒気は教育に悪いから納得の措置だった。

青ざめた三つ子にシェインは首を傾げた。

事後の余韻で、まだ頭がどこかふんわりとしている。

身支度はランフォードに手伝って貰ったが、何か不備でもあっただろうかと自分の衣装を見下ろしていると、口々に三つ子がランフォードに訴える。

「叔父上、勘弁して下さい！　そんなに匂いづけしなくても、誰も叔父上の番に手を出したりしません！」

「叔父上、我々はお年頃なんです！　妄想してしまいます！　控えて下さい！　色々と！」

「叔父上、父上よりも匂いづけが強烈です！　父上よりですよ⁉　正直言って引きます！」

姿形がそっくりなので誰が誰なのか判断出来ない。それが一斉に訴える内容に、きょとんとシェインが瞬きをしていると、長男のカークランドが呆れた声で弟たちを窘めた。

「エル、ウィル、フェル！　他人の匂いづけにあれこれ文句を言うんじゃない！　親しき仲にも礼儀が必要だろう！」

その声に三つ子がカークランドの方に向き直って言う。

「カーク兄上、だって父上より強烈な匂いづけですよ⁉」

「正直、父上に対しても引き気味だったのに！」

「あの叔父上が、しれっと匂いを付けまくっているのも怖いです！」

晩餐の間には、長方形のどっしりとした食卓が中央に鎮座している。国王夫妻は普段の食事を王城の中にある食堂で子どもたちと賑やかに取るのが普通だ。

急な来客のために使用人が磨き上げたのだろうテーブルは、つやつやと天板が輝いていた。

上座には既に国王夫妻が腰を下ろしていて、レンフォードが口を開く。

「言っておくが、これは代々親譲りだ。父上だって似たようなものだったぞ。——お前たちもいずれ通る道だからな」

「ひぇッ！」

王の言葉に再び悲鳴を上げた三つ子に我関せず、シェインを丁寧に食卓の椅子に導いたランフォードは、視線を国王夫妻に向けて言う。

「カーライルは、まだ着かないのか？」

答えたのは騒がしい三つ子とそれを宥める長男を穏やかに見守っていたノエラだった。

「遅くとも明後日には到着するんじゃないかしら。ロルヘルディは始まってしまったけれど、最後の宴までには十分間に合うから、心配しなくて大丈夫よ」

その言葉に頷いてランフォードがシェインの隣の椅子に腰を下ろした。

そんな弟の様子を見ながら、レンフォードが言う。

「お前が気分を持ち直したところに言うのは申し訳ないのだが――アンデロからの使者殿は休んでいてくれの言葉も聞かずに色々と騒ぎを起こしてくれているよ。覚悟しておくと良い」

そんな忠告にランフォードの眉が寄る。

身支度の最中、シェインは再三にわたってアンデロからの客人についてランフォードに「あれはいないように扱っていい。無視してくれ」と言い聞かされていた。

さすがに一国の使者――それも王の血縁者に、そんな対応はまずいのではないかと思ったが、ランフォードがどこまでも真剣だったのでシェインは頷いた。

どちらにしろ、ランフォードを介さないと、シェインは他者と言葉を交わすこともままならない。

ランフォードの望む通り側にいようと、そう決めていた。

「騒ぎとは?」

眉を顰めながらのランフォードの問いに、王妃のノエラに身を寄せながらレンフォードが物憂げな溜息と共に詳細を語る。

ロルヘルディの間は、帰ってきた死者が自由に動き回れるように、窓や扉を開け放しておくのが通例である。もちろん、夫婦の寝室などはその例から洩れるが、基本的に人が在室している時はどれほどの悪天候であろうと扉も窓も開け放しておく。

アンデロの女公爵の従者たちは、カテリーナ曰く「少数精鋭」だそうだが、その人数は五十人近くいるらしい。

この従者たちも大人しくあてがわれた部屋に留まっていれば良いものを、てんでばらばらに動き回るのだから、王城に勤める使用人たちはたまったものではないという。ロルヘルディのために開け放している扉を口実に、明らかに客人が立ち入るべきでない区画にまで足を踏み入れようとして散々揉めたそうだ。

そんなカテリーナ自身の部屋はというと、ぴったりと閉め切られていて、狼獣人たちは立ち入りを禁止されているという。その癖、しょっちゅう不足の品を要求する従者が押し掛けて来て、使用人たちは気が休まる暇が無いそうだ。

シェインは心の底から王城の使用人たちに同情した。客の我が儘に振り回される使用人の大変さは身を以て知っている。

シェインの故郷のヴェルニルは、使用人相手にならば身分を盾に多少の理不尽には目を瞑るような国だった。文化や種族が近いと言われるだけあって、狐獣人の国であるアンデロも同じようなものらしいと想像が付く。その感覚をそのまま持ち込まれた使用人たちは、本当にたまったものでは無いだろう。

ランフォードが苛立たしげに言った。

「――騎士団に空き兵舎がある。そこに全員押し込んでおけ。あそこなら自炊も出来るし、何かあればすぐに兵が制圧出来る」

「今のところ『文化の違い』で、ぎりぎり通る線だからな。長旅の疲労から来る軽挙だったと反省されたら、兵舎に叩き込む訳にもいかない」

レンフォードも、本音では弟の提案に同意したいという気持ちが丸見えだった。

そんな言葉を交わしている内に、開いている扉から先王が姿を現した。

蓄えた髭と質素な形は、やはり僧を思わせる。

祖父の登場にそれまで騒いでいた三つ子も静かになり、カークランドを筆頭に食卓に着席した。

ユングエルの翡翠色の視線が食卓の面々を見回した。

シェインに目を留めて、ランフォードに呆れたような咎めるような視線を向ける。しかし、結局何も言わずに国王夫妻に一番近い――右斜め前の席に腰を下ろして先王が言う。

「――アンデロの使者が騒がしいらしいな」

低いよく通る声に、レンフォードが肩を竦めた。そんな息子の様子に、ユングエルが言う。

「適当にやり過ごして早めに帰って貰うのが良い。あの国が言う『和平』ほど信じられないものはない。どうせ王が代われば、正反対の言葉を連ねた使者を送ってくる」

そのままユングエルが口を閉じた。

アンデロという国は先王の統治時代からずっとそういう国なのだろうことが、それだけで知れる。レンフォードが父親の言葉に頷いた。

「なるべく、その方向でいきますよ――なにやら、アンデロの国内もきな臭いようなので」

王のその言葉に自然と会話が途切れたところで、使用人が駆けて来た。

「アンデロの使者の方がもうすぐお見えになります」

その知らせにレンフォードが溜息を吐いて、食卓を囲む一同を見回して言う。

「――さて、どんな晩餐になることやら」

姿を現したアンデロの使者――カテリーナの格好は、相変わらず贅を尽くした豪華なものだった。

光沢のある深緑色のドレスに、金糸の刺繍がほどこされ、レースが幾重にもあしらわれている。腰の括れと、開いた胸元。宝石を連ねた首飾り。たっぷりの金色の髪を凝った形に巻いて結い上げている。

灯りを受けてちかちかと光るカテリーナの姿は、相変わらず目に痛い。シェインは何度も瞬きをした。

「お待たせして申し訳ございません、皆様」

戸口に立って一礼をしたカテリーナが顔を上げた。

昼に謁見の間にいなかった王子たち、それから先王を舐めるように見た後、国王の隣に座る王妃に目を留める。

王妃の衣装は正装ではあるものの、カテリーナの衣装に比べれば頗る地味だ。子どもが口に入れると危ないから、と装飾品も殆ど身に着けないし、化粧も控えめである。

そんな様子の王妃を見て、カテリーナが笑った。

良い笑い方では無い。

勝ち誇ったような見下したような、そんな嫌な笑い方にシェインは見覚えがあった。

シェインは思わず眉を顰める。

そんなシェインの掌を、何も言わずに隣に座るランフォードが握った。

ハッとして顔を向ければ心配げな新緑色の瞳と目が合って、幾分か力が抜ける。

カテリーナの嫌な笑い方に気付いているだろうに、何事も無かったように椅子を勧めた王が口を開いた。

「謁見の時には同席出来なかったので、改めて紹介しよう。私の妻のノエラだ」

紹介の言葉に、おっとりと王妃が口を開いた。

「ノエラ・フェイ・ルアーノです。よろしくお願いいたしますわ」

「カテリーナ・イル・クロフ・シェルドですわ。どうぞ、お気軽にカテリーナとお呼び下さいませ」

王妃はその申し出に微笑んだだけで返事をしなかった。

そのまま王が流れるように紹介を続ける。

「そちらにいるのが私の息子たちだ。カークランド、エルラント、ウィルラント、フェルナント。それから、ロルヘルディの為にこちらに来ている父のユングエルだ。——生憎下の子どもたちは、この場に同席させられる年齢では無いので顔合わせは機会を改めよう」

同席していない子どもたちについて微塵も興味は無いようで、それについて全く触れずにカテリーナが言う。

「さすが皆様、美しい銀色の毛並みですのね」

カテリーナの言う「皆様」に、茶色の毛並みの王妃と黒色の毛並みのシェインは当然含まれていない。そしてそれについて気付いているだろうに、カテリーナは言葉を補うつもりは無いようだった。

「わたくし、ご覧の通りの金色の毛並みでしょう？　狐獣人にはありきたりな色で、つまらなくて。皆様のような毛並みに憧れますわ」

狐獣人にはありきたりな毛並みでも、金色は他の種族ではあまり見られない。それを言うなら王妃の茶色やシェインの黒色の方が、よっぽど他の種族にも多く見られるありきたりでつまらない毛並みになってしまう。

シェインは困惑して首を傾げた。

――どうやら、この人は意図的にノエラとシェインを貶めているらしい。

カテリーナのそんな態度に、向かいの席の王子たちが一様に眉を顰める。隣に座るランフォードからもぴりついた雰囲気が伝わってきて、シェインは心配しながら上座の方を見やる。相変わらず端然と座したままの先王と、穏やかな微笑みを浮かべる王妃の姿がある。

王であるレンフォードが何事も無かったように告げた。

「お褒めの言葉はありがたく受け取ろう。生憎、私は妻の毛並みにしか興味が無いので――自分の毛並みの色には無頓着でね。ただ先祖の血が濃いだけの話だ」

せっかくの話題が受け流されたことに、カテリーナが些か気分を害したように瑠璃色の瞳を細めた。

しかし、レンフォードはそれに取り合わずに言葉を続ける。

「さて、今日はロルヘルディの初日だ。生憎我々はこの期間、死者のためにひそやかに過ごす決まりになっている。なので、晩餐も大した物が用意出来ないがご容赦願いたい」

有無を言わせぬレンフォードの言葉と共に、控えていたらしい使用人たちが続々と部屋に入って来た。供される料理が流れるように運ばれてくるのに反して、食卓の会話は途切れて詰まりがちだった。

言葉を交わしているのは国王とカテリーナだけで、アンデロからの使者である女公爵が言葉を発する度に部屋の中の空気が軋んでいく。

居心地の悪さを覚えながら、シェインは隣のランフォードに目をやった。

剣呑な雰囲気を漂わせた伴侶は、カテリーナが卓に着いてから一度も言葉を発していない。食事を取る手も滞りがちで、明らかに気分が悪そうだった。それでもシェインが目を向ければ、大丈夫だと言うように視線を合わせてくる新緑色の瞳に、はらはらしながらシェインは早く食事が終わることを祈った。

そんなシェインに、カテリーナが話の矛先を向けたのは、食事が終盤に差し掛かったときのことだった。

「ウェロンは思った以上に、アンデロと習慣が違いますのね。わたくしの供がご迷惑をかけてしまって申し訳ないですわ。――ヴェルニルの末王子殿下が嫁いで溶け込んでいると聞いていたので、もう少し我が国に近いものと思っていたのですけれど。実際に来るとやはり勝手が違いますのね。世間知らずで申し訳ありませんわ」

殊勝ぶって紡がれた言葉に、誰も反応を返さなかった。

習慣や文化が違うことは知れ渡っている。

それを承知で押し掛けて来ておいて、不満とも取れる言動をする使者の言葉に、それまで根気強く相手をしていた国王も白けた表情を見せるだけだった。

それに気付いているのかいないのか、カテリーナが言葉を続ける。

「シェイン様も嫁がれて、ご苦労なさったでしょう？　ヴェルニルの王族は特に贅を尽くした暮らしで有名ですものね？」

不意にカテリーナから名指しされて、シェインは戸惑いながら菫色の瞳を女公爵に向ける。

勝ち気な瑠璃色の瞳が光っているのにシェインが反応をするより早く、カテリーナが言葉を続けた。

「ああ――でも、シェイン様は道中でご病気になられたのでしたね。文化の違いになんて気をかける暇も無かったでしょう。お可哀想に。お見舞いを申し上げるのが遅くなって失礼しましたわ」

言葉とは正反対に、その顔はちっとも申し訳無いと思っている様子が無い。

隣のランフォードが殺気立つのを感じながら、シェインはおろおろとカテリーナに視線を向けたまま首を傾げる。

カテリーナは朗々と話を続ける。

「よりによってお声が出なくなるなんて——本当に残念なこと。寡黙な旦那様なら、伴侶が代わって言葉を補ってあげなければいけないというのに——社交の場でも、どこでも、それが出来ないなんてさぞ歯痒い思いをされているでしょうね？　察するに余りありますわ」

お可哀想に、と告げた視線は、シェインを通り越してランフォードに向けられていた。

「狼獣人は生涯一人しか伴侶を持たないのでしたね？　国のためとはいえ、役割を果たせない御方を伴侶にするのは、お辛いことでしたわね」

びりびりと、痺れるような殺気が伝わってきて、シェインは慌てて顔を隣の席に向けた。ランフォードの新緑色の瞳に宿っているのは紛れもなく怒りで、尻尾が逆立ってぴんと立っている。今にも席を立ちかねないランフォードの手を、シェインは咄嗟に握った。

白い筋が浮かぶほどきつく握られた拳を、掌で包み込むように握れば、ランフォードが長く細い息を吐いた。

そんな叔父の様子に、真向かいに座っている三つ子の王子たちが、小さく「ひえッ」と悲鳴を上げながら視線を逸らす。唯一、顔を上げている長男は怒り狂った叔父に顔を青くしている。

先王であるユングエルも、微かに目を細めて冷ややかに場を見つめていた。

奥歯を噛みしめるようにしたランフォードが射貫くような目をしてアンデロの使者へ言葉を発するよりも先に、おっとりとした声が晩餐の間に響いた。

「――ねぇ、あなた。使者の方は大分お疲れのようよ。引き留めるのはご迷惑だわ。晩餐の続きはお部屋で、ゆっくり取っていただきましょう」

それまで何を言われても、穏やかに晩餐を見守り続けていた王妃のノエラのものだった。

突然の王妃の発言に、晩餐の間に沈黙が落ちる。

王妃に視線を向けたランフォードが、握り締めていた拳から力を抜いた。それにほっとしながら上座を見やれば、王妃はにこにこと微笑みながらカテリーナに向けて言う。

「ごめんなさいね、シェルド公爵？　長旅で疲れているのに、謁見から晩餐まで付き合わせてしまって。どうぞ、後はお部屋でごゆっくりなさって？」

労るような王妃の声に、驚いたように瞬いた瑠璃色の瞳が向けられた。カテリーナが怪訝な口調で言った。

「王妃殿下？　わたくしの体調でしたら、ご心配なく」

その言葉に王妃がおっとりした調子で言う。

「あら――お気付きにならないほどお疲れになっているのですね。お可哀想に。ご心配なさらないで。長旅をして来られた使者の方が疲れているのですもの。誰も非難したりしませんから、どうぞごゆっくりお休みになって下さい」

あくまで穏やかな様子を崩さない王妃に、苛立ったようにカテリーナの眉がつり上がる。

「王妃殿下？　何を仰って――」

最後までカテリーナに話をさせず、王妃が被せるように言い放つ。

「お気付きでなかったのでしょうけれど、先ほどからずっと大きな独り言を呟いてらっしゃいますわよ？　慣れない異国の地で緊張してしまわれたのでしょうね。――お可哀想に」

先ほどシェインに対する嫌味を込めて放った言葉が、そのまま返ってくるとは思っていなかったようで、カテリーナが絶句する。

「は――？」

意味が分からないという顔をするカテリーナに対して、ノエラが小首を傾げて言った。

「あら？　会話というものは互いに言葉を受け止め合って放つものよ？　――先ほどから様子を見ていましたら、シェルド公爵は誰の返事も待たずに、ずっとお一人でお話をしてらっしゃいましたから。独り言を呟いているのにも気付かないほど、お疲れなのだと思ったのですけれど」

笑顔で告げる王妃に、カテリーナが唇を中途半端に開いて閉じる。

その様子に茶色の瞳を見開いて、王妃が口元に手を当てて言う。

「まさか、あれが会話などとは仰らないでしょう？　シェイン様のお声が出ないことを承知で、あんな矢継ぎ早に一方的に話しかけるなんて真似、うちの二歳の娘でもしませんわ」

そう言って軽やかに王妃が笑う。

自分の放った言葉を「独り言」と片付けられたカテリーナが頬を紅潮させた。

その様を見て、王妃が首を傾げながら隣に座る王に訊く。

「ねぇ、あなた？　わたくし、各国の行儀作法についてはー通り学んできたつもりですけれど、アンデロの行儀作法について勉強が足りなかったかしら？　それとも、あれがアンデロでは一般的な話し方でしたの？」

王妃の言葉に、王が笑いを堪え切れない顔で答えた。

「いいや？　私が知る限り、あんな風に人に話しかける作法は無い。アンデロ国内で新しく礼儀作法が定められたのならば別だが――そんなことは無いな？　使者殿？」

王からの問いに、今にも歯軋りしそうな剣幕だったカテリーナが表情を取り繕う。

――そのまま口元に手を当てて、ぱっと満面の笑みを浮かべるのはさすがとしか言いようがない。

「ええ、もちろんですわ。王妃殿下の仰る通り、気付かない内に疲れてしまっていたようです。『独り言』など口にして、恥ずかしい限りです。皆様どうぞお忘れ下さい」

お言葉に甘えて休ませていただきますわ、と優雅な口調で言いながら王妃が呼んだ使用人に先導されて、カテリーナが晩餐の間を出て行った。

しばらくの静寂の後――ばんッ、と食卓を叩く音がする。

思わずシェインが椅子から飛び上がれば、ランフォードの腕が伸びて来て、これ幸いと言わんばかりにシェインを自分の膝の上に座らせた。そのまま抱き込まれるのにあたふたとしていれば、視界の隅に、先ほどまでのおっとりとした笑顔はどこへいったのかと思うほど怒りに目をつり上げたノエラがいた。

「レニー！」

王の愛称を呼び捨てる。

どうやら先ほど力任せに食卓を叩いたのは、王妃だったらしい。

今の今まで腹の中に怒りを収めていたようで、茶色の尻尾を逆立てて怒り狂ったノエラが、そのまま王である夫に食ってかかった。

「なんなの、あの失礼な使者は！」

「なんなんだろうねぇ」

怒り狂う王妃に対して、王のレンフォードは顔を蕩けさせて笑う。

「さすが私のノエラだよ。お陰で不愉快な時間が短くなった」

「あれ以上なんて耐えられる訳が無いでしょう！　せっかくの晩餐だっていうのに、夕飯の味が分からなくなるわ！　料理人に失礼よ！　うちの娘だったら、晩餐の続きなんて部屋に運ばせないわ！　部屋で反省よ！　いいえ、その前にお説教よ！　お説教と謝罪よ！」

「全くだねぇ。ノエラのお陰でうちの子どもたちは大変素直な良い子に育って、親として夫として誇らしいばかりだよ」

「そんな話はしていないでしょう！」

絶妙にずれた回答をする王を、王妃が一喝する。

その剣幕に三つ子が「ひぇッ」と悲鳴を上げて身を縮めた。

長男のカークランドが恐る恐るといった様子で、王妃に向かって声をかける。

「あの、母上――落ち着いて下さい」

長男の言葉に、茶色の瞳を光らせて王妃が言う。

「落ち着いていられますか!! うちの義弟夫婦が可哀想!? なにを見て、そんな寝言を言っているの! 人の家族を勝手に見下して、見当違いのことばかり言い立てて! 失礼を通り越して非常識よ! なんなの、あの使者は!!」

毛を逆立てた母親からの迫力満点の言葉に、びしっと背筋を伸ばしてカークランドが固まった。シェインも、ノエラが子どもたちに説教をしている場面には何度か立ち会ったことがある。しかし、ここまで感情的に怒り狂っているのは――初めて見た。

ランフォードの膝に乗せられたまま、ぽかんとその様子を眺めていれば、怒り狂う王妃の横に座る王が深緑色の瞳をシェインに向けて片目を瞑った。

「私のノエラは最高だろう?」

思わずシェインはこくりと頷く。

何の躊躇いもなくシェインを家族と言ってくれる王妃の度量の広さに、いつもシェインは救われている。

それと同時に、先ほどのカテリーナの言葉が思いの外、胸に刺さっているのに気付いて眉を下げた。

特に今日は——声に出して相手の名前を呼びたいと、今朝方に抱いた感情が胸の中に蘇って痛みと共に疼いて仕方がない。

——声が、出れば。

シェインの声さえ出れば、王妃に嫌な役目を負わせることも、ランフォードが謂れのない同情を受けることも無かったというのに。

鳩尾のあたりがきゅっと縮むように痛む。

思わず項垂れるシェインの名前をランフォードが呼んだ。

「——シェイン」

膝に座らせていたシェインの体の向きをぐるりと変えさせて、顔をのぞき込む。新緑色の瞳が真っ直ぐに見つめてくるのに困っていれば、ランフォードが言った。

「君が気に病むことは一つも無い」

きっぱりと言われて、素直に頷くことが出来ずにシェインは無意識に尻尾を丸める。そんなシェインに目を細めて、ランフォードが正面からシェインの体を抱き締めた。

「……私には聞こえているから、良いだろう？」

言いながら、三角耳の根本に口づけられる。

いつもの言葉が嬉しいのに切ない。

黒い三角耳を無意識に伏せたままの伴侶をランフォードが腕の中であやすようにしていると、それまで全く言葉を発することのなかった先王のユングエルが口を開いた。

「――あの国では、あの会話が日常茶飯事だ。気に留める必要は無い」

きょとんとして顔を上げれば、王妃も瞬きをしながら先王に視線を向けている。

白く長い髭を指先で梳くように整えながら、ユングエルが言葉を続けた。

「狐獣人の性質なのだろうな。相手を出し抜いて、優位に立たんと気が済まんらしい。親族だろうが兄弟だろうが親子だろうが、誰に対してもだ。だから王位を巡っての争いが絶えない。全員が王位に就きたくて堪らないからな。偶に国が統一されると、今度は他国の優位に立つために牙を向けてくる。迷惑極まりない」

島国で幸いだった、と話を締めくくるユングエルの翡翠色の瞳が、息子であり現王であるレンフォードに向けられる。

「あの国を出たことが無い異母姉を使者として送り込んでくるのは、いかにも不可解だ。あちらの王の狙いは分かっているのか？」

その言葉にランフォードが身を硬くする。

どうしたのかとシェインが見上げれば、ランフォードの眉が不快そうに顰められている。首を傾げると、ランフォードは無言のままにシェインの体を引き寄せて沈黙を保った。

そんな弟の様子を視界に入れながら、レンフォードが肩を竦めて言う。

「――表向きの理由は分かっていますが、本当の理由が不明で、今調べている最中です。なにせアンデロは島国なので、なかなか情報が入って来ない」

「表向きの理由は、なんだ？」

ユングエルの質問に、苦笑いをしながらレンフォードが告げる。

「まぁ、簡単に言いますと——色仕掛けです」

その言葉に、晩餐の間に沈黙が落ちた。

王妃が怪訝な口調で言う。

「色仕掛け？　誰が、誰に？　まさか、あなたに？」

ノエラの問いかけに、レンフォードが大仰に仰け反った。

「冗談じゃない。そうだったら、さすがに私だってあんな使者を城に入れていない」

「それなら誰なの？　まさか、息子たちにじゃないでしょうね？　あの方、若い身形はしてらっしゃるけれど大分お歳でしょうに——まぁ、他人の恋愛にとやかく言うつもりは無いけれど——嫌よ、あんな人を義理の娘にするのは」

ノエラの言葉に、三つ子が大仰に震えてみせて、長男のカークランドが気まずい顔をした。

その様子を不思議に思っていると、酷く言い難そうにレンフォードが告げる。

「——アンデロの王が先に送って来た書簡の文面から察するに、ランフォードのお相手として、あの使者殿は送り込まれてきたらしいよ」

——その言葉にシェインは目を見開いて固まった。

そんなシェインの気配を察してか、ランフォードの掌がシェインの背中を擦る。

ランスに、いろじかけ。

あまりにも思いがけない言葉で、何を言われているのかしばらく理解出来なかった。

じわじわと意味を理解してから、シェインは咄嗟にランフォードの体に腕を回した。そのままランフォードの胸に顔を埋めて身を縮める。

――いやだ。

カテリーナがランフォードにしなだれかかる様子が頭に浮かぶ。胸にせり上がってくる拒絶の感情に、堪らなくなる。

とても――いやだ。

そういう目的があったのならば、カテリーナが後半に話の矛先をシェインに向けて来たのが分かる。普通に考えれば声の出ない伴侶など、不利益以外の何物でも無いだろう。欠点があれば突いてくるのも当然のことだと思う。

けれども、ランフォードはシェインのものだ。

幼稚とも言える独占欲が胸の中で暴れている。自分にこんな感情があったとは思わずに、戸惑ってどうしようもない。説明が出来ない胸のもやもやにぎゅっと目を瞑って、シェインはランフォードに身を寄せた。

「――シェイン？」

気遣うように呼ぶランフォードに答えることが出来ないまま、シェインは無言で顔を伏せた。

そんなシェインの様子を見て、王妃が心底不思議そうに首を傾げた。

長男が天井に視線を向けて、三つ子が顔を見合わせてひそひそと言い合う。

「色仕掛け？」

「本気で？」

「叔父上に？」

「――無謀だ」

「――無理だ」

「――無茶だ」

孫たちの三者三様の感想に、先王のユングエルは眉一つ動かさずに、顎髭を撫でた。

一身に注目が集まってしまって、シェインはますます耳を伏せて尻尾を垂らした。そんな伴侶の様子に、ランフォードが目を細めて口を開く。

「シェイン」

呼ばれて恐る恐る顔を上げれば、真摯な新緑色の瞳と目が合う。

そのままシェインの体を抱え直すと、ランフォードが真っ直ぐに視線を合わせてきっぱりと言い放つ。

「私の伴侶はシェインだけだ。そして君の伴侶は私だけだ」

揺るぎない新緑色の瞳に、ぐらついた心が少しだけ落ち着きを取り戻す。

じっと相手の瞳をのぞき込みながら、シェインは小さく唇を動かした。

——ランス。

声の無い声で呼べば、少しだけ視線を和らげた相手が自然に顔を寄せてくる。

鼻先が触れあうほどに近い距離で、視線が合った。

柔らかな新緑色に、ほっとしてシェインが少しだけ微笑むと、ランフォードが安心したように笑い返す。

まるで二人しかいないかのように見つめ合う王弟夫妻の様子に、咳払いをして割って入ったのは——現王のレンフォードである。

「——心配しなくても、ランスにはシェインしかいないことぐらい皆知っている。それこそ、ここにいる我々以外も。王城に勤める使用人たちも、なんなら国の民全員が。だから——そういうことは二人きりの時にやりなさい」

窘めるような王の言葉に我に返ったシェインは、ランフォードの腕の中で飛び上がった。

ぎこちなく顔を向ければ、王妃が優しく微笑んでいる。

長男王子は視線を斜め上に向け、三つ子の王子たちは揃って顔を伏せて目の前の空になった皿を一心に見つめている。

先王のユングエルは息子夫婦の仲睦まじさに顔色一つ変えず、思案するような顔で言った。

「問題なのは狼獣人にとっての伴侶の意味を、あの使者が理解していないことだ。名実共に一生以上を誓い合う『番』だ。それを分かっていない輩は、何をしでかすか分からない。それだけは警戒しておくと良い」

端的な助言の言葉は息子であるランフォードに向けられたもののようだった。それにランフォードが無言で頷く。

むずかる子どものようなシェインの振る舞いについて、誰も言及しないことが却って恥ずかしくなってくる。

伴侶の膝の上でしっかりと抱き抱えられたまま――シェインは首を縮めるようにして他の面々に頭を下げた。

第三章

——なんとか言ったらどうなのよ！

そう叫んだ猫獣人の女が、泣きながらシェインの肩を摑んで揺さぶる。

ぐしゃぐしゃに泣いている顔は、酷く歪んでいた。シェインに似た面差しだけれど、水色の瞳はシェインが持っていないものだ。

口を開いても、シェインは言葉を発せない。

どうせ届かないものだから、と捨ててしまったから。

動かした唇が何の音も紡がずに、ひゅっと空気だけを吐き出す。それに水色の瞳が見開かれた。そして、シェインの肩を摑んでいた手が、力無くだらりと垂れる。

そのまま、ふらふらと部屋を出て行く背中にシェインは声無き声で呼びかける。

——おかあさん、どこいくの？

その言葉は届かないまま、狭い部屋のドアが閉じる。

そして、そのまま——シェインの母親は二度と帰って来なかった。家賃の取り立てに来た家主が舌打ちをして、「夜逃げか」と呟きながら少ない家財を運び出し、シェインを部屋から追い出すまで、どれぐらい膝を抱えて母親の帰りを待っていたのかは——忘れてしまった。

けれど、今思い返せば――シェインが声を発することが出来ないと気付いた、あの時。
シェインの母親は、酷く傷ついた顔をしていたような気がした。

＊＊＊＊

王城にあるダルニエ医師の仕事部屋は、日当たりはそれほど良くないが風通しは良かった。壁には干された薬草や用途の分からない器具がぶら下がり、棚には薬瓶などが大量に置かれ、机には医学書が山積みにされている。

――夢見が非常に悪い。

そんな相談を携えたシェインがダルニエの下を訪れたのは、先ほどのことだ。シェインが自ら訪れたというより、ランフォードに有無を言わさず連行されたという方が正しいのだけれど。

ロルヘルディが始まって四日目。シェインを案ずるランフォードの声に起こされれば、目から涙がこぼれている――ということが、ロルヘルディの初日からずっと続いていた。

平気だ、大丈夫だ。そう言い張るシェインに対して、だんだんと酷くなる「番」の様子に遂に痺れを切らしたのである。

王に用事があると言ってランフォード自身の姿は今は見えない。

シェインは小さく溜息を吐いた。

――アンデロの使者は、未だに王城に滞在したままだった。

どういう理由か知らないが、話し合い自体が難航しているという話はランフォード伝にシェインの耳にも入っていた。

――それも余計にシェインの気分を重くさせる。

お可哀想に。

心にも無いことを謡うように言うカテリーナの声が耳の奥で蘇って、シェインの心の柔らかいところがチクチクと刺される。

――そんな自分の弱さが嫌になる。

診察用に置かれた簡素な椅子に座ったまま、シェインは大きく溜息を吐いた。シェインの症状を聞いてから、取りあえず眠りの深くなる煎じ薬を調合すると請け合った医師に向けて、シェインは遠慮がちに携帯用の黒板に白墨の文字を綴って訊ねた。

こころは、どうしたら、なおりますか。

以前、シェインの診察をした時に、声が出ないことを「心の問題」と断じたのは目の前の医師だった。

袖を引かれて作業を中断させられたことに眉を顰めながら振り返った老医師は、黒板に綴られている文字をまじまじと見つめてから鼻息を洩らした。

それから短く答える。

「分からん」

――え？

瞬きをするシェインに、中断していた手の動きを淡々と再開しながら、ダルニエ医師が言葉を続ける。

「外傷なら傷が癒えれば分かる。体の内側の病気は、不調が収まれば分かる。人の体の作りは大体、誰でも同じだ。だから、治療が出来る。だが、人の心の形はどんなものか分からん。分からんから、治し方は人それぞれだ。少なくとも、薬でぱっと治るなら誰も苦労はせん」

同じ体験をして、その事柄を語ることで楽になる者もいれば、逆に苦悩を深める者もいる。時が流れることで、心の傷が癒える者もいれば、逆に心の傷が深まる者もいる。

全く同じ人間が存在していないのと同じで、全く同じ心は存在しないから、誰にどんな処方が合っているのか分からない。

「だから医者の手には余る問題だ」

きっぱりと言われて、シェインは眉を下げた。

狼獣人の中では小柄な部類に入るダルニエは、医師の印である変わった形の帽子を被りなおして、ちらりとシェインに視線を向けた。

「――そんなことは儂に相談するより、殿下に相談すれば良いだろうに。お前さんの心に一番寄り添えるのは伴侶しかおらんだろう」

その言葉に、シェインは困った顔で微笑んだ。

小さな黒板に白墨でシェインは返答を綴る。

ランスは、やさしいから。

その文字を読んで、ダルニエ医師が怪訝な顔をする。

「『番』に優しくしない者などおらんだろう。それも出来ない甲斐性無しなら、『番』を名乗る資格は無い」

きっぱりと言うダルニエ医師に、困ったように首を傾げながらシェインが文字を綴る。

やさしいから、しんぱいを、かけたくなくて。

こうやって現に心配をかけているのだから、それは無駄な気遣いなのかも知れないけれど。

そのまま少しだけ俯くシェインの旋毛を眺めて、ダルニエが大仰に溜息を吐いて言った。

「――例の使者からの言葉でも気にしているのか？」

当たらずとも遠からず。そんな指摘に思わず体が跳ねる。そろりと視線を上げると、厳めしい顔をしながらダルニエ医師が腕を組んでいた。

アンデロの使者の晩餐での振る舞いは、あの晩に給仕をしていた使用人たちにより王城中で共有されていた。加えて、ウェロンの国の習慣を少しも尊重しない狐獣人の一行の振る舞いは使用人たちから盛大に顰蹙を買っていた。

ダルニエが鼻息荒く言う。

「お前さんと殿下が幸せなら、それで良いだろうに。可哀想だのなんだの、自分の物差しでしか他人を測れないあちらの方がよっぽど可哀想だ。放っておけ」

――でも。

何か言葉を綴ろうと白墨を持つ手をさまよわせるシェインに、ダルニエが言った。

「殿下がお前さんに声が出ないことを不満だとでも言ったのか？　だったら、儂は殿下を見損なうぞ。そんなことは百も承知で伴侶になったのだろうに」

ダルニエ医師の言葉に、シェインは目を見開いて思い切り首を左右に振る。

ランフォードから与えられるのは、いつも穏やかな優しさばかりだ。

シェインの声無き声も、きちんと拾い上げてくれる。

――ただ、シェインが勝手に思い詰めているだけなのは分かっている。

アンデロの使者であるカテリーナの言葉は、もちろん引っかかっていた。それに加えて、シェインの胸をざわつかせるのは、ロルヘルディが始まってからよく見る夢のせいだ。

ランフォードにも話せていない、夢の記憶。

下を向いて沈黙するシェインに、ダルニエが溜息を吐いて呆れた調子で言った。

「――お前さんがすることは、まずよく寝ることだ。それから、殿下とよく話せ。お前さんの話なら、どんな下らないことだって殿下は無下にせんだろうに……全く。どれだけ匂いづけされているか、自覚が無いのもここまで来ると問題だぞ」

匂いづけ、と言われてシェインは瞬きをする。

それについては国王夫妻の子どもたちからも何度か言及されていた。しかし、猫獣人のシェインには分からないことだ。

自覚と言われたところで、分からないものをどうやって自覚すれば良いのか。どんな香りがするのか、一度誰かに訊いてみた方が良いのだろうか。

試しに自分の手首を鼻に近づけてみて首を傾げるシェインの様子に、ダルニエが再び溜息を吐きながら言う。

「少なくともお前さんの我が儘なら、殿下は全て叶えてしまうわ。だから無駄に考え込む必要は無い」

そう言われてしまえば、それ以上シェインは相談を持ちかけることも出来ない。

小さく溜息を吐きながら、椅子の上でシェインは少しだけ背中を丸める。

ダルニエが言う通り、ランフォードに何もかも打ち明けてしまうのが一番良いのだろう。それは、何となく分かっている。

けれども――それは。

そんな考えに耽っていると、ダルニエ医師が煎じ薬を作る手を止めて、普段から決して親しみやすいとはいえない顔を更に険しくして上げた。そのまま鋭い目でロルヘルディの習慣通りに開け放たれたままのドアを睨みつける。

――？

どうかしたのか、とダルニエに訊ねるよりも先に、複数の足音が響いて来る。

慎みの無いがやがやとした複数の人の声と共に飛び込んできたのは、甘ったるい猫撫で声だった。焚きしめた香の匂いで、シェインは訪問者が誰なのかを悟って身を強ばらせる。

「――ごめんあそばせ。こちらに王弟妃殿下がいらしていると聞いたのですけれど、お邪魔してもよろしいかしら？」

ダルニエが威嚇するように、尻尾を逆立てる。

目に飛び込んできたのは、ウェロンでは目にすることが無いような煌びやかなドレスだった。光沢のある深緑色の生地。それに縫いつけられた宝石に目がちかちかする。

狐獣人の従者を大勢引き連れたカテリーナ・イル・クロフ・シェルドが、艶やかに微笑みながらそこに立っていた。

＊＊＊＊

「――あの女狐は、いつになったら帰るんだ」

執務室に押し掛けてきたかと思えば開口一番、容赦なく言い捨てる弟の気迫にさすがのレンフォードもたじろいだ。

政務を手伝い始めたカークランドが他の用事のため席を外していたのは幸いだった。他の秘書たちが目に見えて青ざめているのに手だけで退出の合図を出して、二人だけになった執務室。

ランフォードが国一番の騎士と呼ばれているのは、お世辞でもお追従でもなく本物の実力ゆえだ。そして、その実力は伴侶を得てから、更に磨きがかかっている。

狼獣人の強さというのは攻める時にではなく、守る時にこそ発揮される。先の戦も、ヴェルニルが敗戦して狐獣人たちが隣国に押し寄せてくることで、必然的にウェロン王国に害が及ぶ——すなわち自分の大切な者たちに危害が及ぶと判断したからこそ、兵たちも戦意を持って挑んでくれたのだ。

その時既に国一番と呼ばれていた弟が、たった一人——かけがえのない伴侶を得た。

守るための強さを得た狼獣人ほど、怖いものは無い。

それはレンフォードも同じだが、ランフォードとは強さを発揮する領域が異なっている。ランフォードの戦場は文字通りの戦場だが、レンフォードの戦場は弁舌と精神力が求められる政の場だ。

はぐらかせば、いつかの言葉通り使者の首を手土産にさせかねない弟の殺気に、レンフォードは取りあえず話題を変えようと試みる。

「シェインはどうした？ 一緒じゃないのか？」

ロルヘルディの期間、扉や窓は開け放つことになっている。普段の王城ならばシェインが一人でランフォードの居城にいても心配無いが、今はアンデロの使者とその従者たちが滞在している。晩餐での使者の態度を鑑みても、シェインを一人にするのはあまりにも物騒だ。

そんな懸念に対して、ランフォードが短く言う。

「ダルニエ医師のところにいる」

「――？　どこか悪いのか？」

「夢見が悪い。今日も酷く魘されていた」

「ああ――」

レンフォードは納得して頷いた。

末子のナターシャも、ロルヘルディが始まってからずっと夜泣きが酷い。あまりにも泣くものだから、その不安が伝染したのか二歳児のエリンまでも、眠りが浅くなってしまったようだった。ノエラと乳母がそれに掛かり切りになっていて、今日もレンフォードは二人に労りの言葉をかけてから執務室に足を運んでいた。

シェインの症状は、そんな幼い子どもたちよりも酷いらしい。

ダルニエ医師はロルヘルディを何度も経験しているし、よく眠れる煎じ薬の処方もしてくれる。何より、シェインの素性も把握していて二人の関係を見守ってくれた内の一人でもある。ランフォードが頼る先としては最適だろう。

「――よく眠れるようになると良いな」

心からの見舞いを告げれば、無愛想な革の防具で鼻から下を隠した弟が言う。

「そのためにも、さっさとあの使者を追い出して貰いたいのだが」

淡々と紡がれる言葉にレンフォードは溜息を吐いた。

「それを言ってくれるなよ。私だって、好きで城に置いているわけじゃないのだから」

王城に勤める使用人たちから数々の苦情を受けている、とレンフォードは肩を竦めた。

そして晩餐の翌日から始まる筈だった和平のための話し合いは、全く進んでいなかった。

原因はアンデロの使者が「体調不良」のために、欠席を続けているからだ。

――長旅の疲れが出ました、申し訳ございません。

そんな殊勝な謝罪とは裏腹に、先王にしてレンフォードとランフォードの父親であるユングエルの下へは「伴侶を亡くした同じ傷を抱える者同士、気持ちを語り合いませんか?」というお誘いの手紙が、雨霰と届いているようだ。

ちらりと視線を執務机の端にやれば、ユングエルが顔色一つ変えずに持ってきた手紙の束が山になっている。文字は従者の代筆だろうが、この量の手紙を書かせている暇があるなら、話し合いの一つくらい簡単に出来るだろうにと苦々しく思う。

ついでに、使者が連れてきた従者たちの礼を欠いた振る舞いも、だんだん目に余るようになっていた。昨日は遅くまで酒盛りに興じていて、使用人たちの眠りを妨げたらしい。

レンフォードは深々と溜息を吐いた。

アンデロからの使者が、王弟妃を軽んじるような真似をして、王妃の怒りを買ったことは既に城内に広まっている。

それもあって使用人たちがアンデロからの使者の一行に向ける目は厳しいのに、更に悪評の上塗りをしていくのだから庇いようが無い。

──そもそも、庇うつもりなど微塵も無いのだが。

「とにかく、王の親書とやらを渡してくれないと話し合いのしようが無いんだよ。こちらも」

レンフォードは心の底からの愚痴をこぼす。

第三者の手によって親書の中身が改竄されることを防ぐため、王の親書は鍵の付いた箱に仕舞われて使者が持参している。

先に届いていた書簡に添えられていた鍵で、その箱を解錠して内容を確認し、アンデロの国王の真意がきちんとウェロンの国王に伝わったのかを確かめるのが使者の役目だ。

ウェロン側が勝手に親書の内容を書き換えたという言いがかりを付けられないためにも、使者の立ち会いは必須条件になる。

公式に「体調不良」を掲げている相手を無理矢理、部屋から引きずり出して立ち会わせる訳にもいかず、レンフォードは手を焼いていた。

「ロルヘルディの最終日まで、あの調子で居座られたらたまったものじゃない。方法があればさっさと追い返しているさ、私も」

しかし、それが出来るほどの情報も無い。

そう言って両手を広げれば、弟が諦めたように溜息を吐いた。それから新緑色の瞳を逸らして気まずそうに言う。

「八つ当たりだ。悪かった」

そんな弟に対してレンフォードは訊ねる。

「――アンデロの使者の言葉を気にしているのかな、シェインは？」

ランフォードは無言だった。肯定も否定も返さない弟に、レンフォードは溜息を吐きながら頬杖を突いた。

カテリーナが晩餐の時にシェインに放った言葉など、見当違いも甚だしい。

世辞や追従、嫌味や当てこすりの応酬が日常的にされるアンデロならば口が利けない伴侶を持つのは確かに不利なことだろう。しかし、ここは何より実を取るウェロンである。贅沢や噂話に余念が無い者より、無口な働き者の方が尊ばれるし信を置かれる。

シェインが弟の居城の家事を一手に引き受けていることは有名で、にこにことランフォードの腕の中で幸せそうな顔をしている黒猫の王弟妃は、使用人たちからの評判も非常に良い。何より、二人が幸せそうなのだから、それに口を挟むような野暮な者はいない。

シェインの声が出ない原因まではレンフォードの知るところではない。

重要なことはシェインが弟にとって唯一の番で、代わりなんてものはこの世に存在していない、という事実だった。

「ノエラも言っていたが、あの使者殿はお前たちの何を見て、可哀想なんて言葉を使ったのか――私にも理解出来ないな」

まるで最初からそうなるべく生まれたように、ぴったりと二人でいることが幸せという形になっているような番同士だと思う。

　嗅覚以前に、二人が寄り添っているところを見て、そんな判断が付かない時点で使者の度量が知れる。

　アンデロ以外では通じない価値観を振りかざされたところで、それは耳障りでしかない。

「私からの言葉では気休めにもならないだろうが、シェインに伝えておいてくれ。シェインは立派にお前の伴侶だよ」

　実際、弟の眼鏡に適うのがどれほど大変なことか。

　間近で育ってきた兄だからこそ、よく分かる。

　汗一滴で他人の感情を読みとるほど鼻が利く弟は、長いこと素顔を晒したことが無かった。

　人間不信に近かった弟が、何の躊躇も無くその手に抱いたのは、これまでにシェインだけだ。

　その心をすくい取る為なら、他の不快な香りに触れることになるのを承知で、素顔を晒して隣に寄り添う。

　そうして見つめ合って微笑み合う二人に、何も知らない他人が勝手に投げかける言葉なんてものは――無意味だ。

　なんの価値も無い。

「そもそも、お前の重すぎる愛情を受け止めてくれる奇特な相手はシェイン以外にいないのだから――あんな戯言を気にせずに、お前の隣にいてくれないと困ると伝えておいてくれ」

　実際、シェインが同族では無くて良かったとレンフォードは思う。

息子たちが「強力過ぎる」と騒ぐ通り、ランフォードの匂いづけは過保護なほど厳重で強固だ。先祖の血が濃いといわれる王族の中でも、その匂いづけは群を抜いている。時々、同じ血を引くレンフォードもたじろぐほどだ。基本的に息子たちの行いに口を出さない先王にして、父であるユングエルが唯一口にしたのが、「ランフォードの『番』は大丈夫なのか」という心配の言葉だったのだから、その程が知れる。

同族であれば自分に向けられる執着心に気が付いて、恐ろしさすら感じたかも知れない。私のものだ、と主張するように頭のてっぺんから爪先まで丁寧に塗り替えられたランフォードの匂いのせいで、シェインの本来の匂いが分かる者などいないだろう。

それほどまでに執着じみた恋情を向けられている相手が、アンデロの使者からのつまらない言葉で「ランフォードの隣にいるのが相応しくない」などと思い悩んだりしたら——それこそ戦へ一直線だ。

溜息を吐きながらレンフォードは言う。

「いっそのことダルニエ医師をアンデロの使者殿のところへ派遣しようか。あの医師の所見があれば、こちらとしても動きやすい」

仮病と公に糾弾することは難しい。せいぜい、慣れない土地で精神的に不安定になっていたとするのが落としどころだろう。

病人や怪我人以外のことに時間を取られることを酷く嫌う老医師の顰めっ面を思い浮かべながら告げれば、ランフォードは言った。

「私から頼んでおく」

そのまま踵を返したランフォードに、よろしくと声をかけて——しばらく。

レンフォードは盛大に溜息を吐いてから、首筋を拭った。びっしょりと冷や汗を掻いているのに気付いて、思わず苦笑がこぼれる。

いくら兄弟とはいえ、あんな殺気をまとう弟と対峙するのは勘弁願いたい。

思いながらレンフォードは椅子の背もたれに体を預けるようにして目を細める。

弟の伴侶についてもそうだが、レンフォードの伴侶であるノエラに対しても、カテリーナの振る舞いは使者としてあまりにもお粗末だ。

階級制度が浸透している国では、使用人上がりの王妃は軽蔑の対象なのかも知れないが、互いの誓いを尊重するウェロンで、その常識は通じない。

弟ほどに怒りを露わにしないだけで、内心でレンフォードが相当腹を立てていることに、ランフォードならば気付いていただろう。

——さて、どうしてやろうか。

国王兄弟二人の尻尾を踏みつけるような真似をしていることに気付かないアンデロの使者の能天気さには笑いも起こらない。

深緑色の目を細めるレンフォードの下へ、アンデロ国内の情勢を探るために放った使者からの密書を携えたカークランドが息を切らして飛び込んできたのは、半刻ほど経った頃のことだった。

＊＊＊＊

息苦しい。

そう思いながらシェインは携帯用の黒板を抱え直して、白墨を握りしめた。狐獣人たちが大勢詰めかけて入り口を塞いでいるせいで、医務室の中が酷く狭く感じられる。

どうするべきだろう。

考えながらシェインが白墨を動かすよりも先に、口を開いたのはダルニエ医師だった。

「――邪魔されるのはまったくよろしくない。お引き取り願いたい」

ぴしゃりと撥ね除ける言葉に、カテリーナの瑠璃色の瞳が尖る。

シェインが場を取りなそうとするよりも先に、老医師は容赦なく続けた。

「ここは儂の仕事場ですぞ。病人や怪我人以外は出入りを遠慮して貰いたい。――それとも、あなたの後ろに控える者たちは全員病人か怪我人の類ですかな?」

そう言いながら、じろりと遠慮無く狐獣人たちを睨みつける。

狼獣人の中では小柄な方とはいえ、老医師の迫力は並大抵のものでは無い。時には王ですらやりこめる老医師の迫力に、狐獣人の従者たちは明らかに腰が引けていた。

そんなダルニエ医師の態度は思いも寄らないものだったのだろう。カテリーナが気を取り直すように咳払いをして言った。

「――でしたら、シェイン様のお見舞いに来たということにして下さる？　それならば良いでしょう？」

「良くありません。病人に香りのきついものを近づけんでいただきたい。あなたは些か香の匂いが強すぎる」

譲歩にも全く譲る様子が無く、頑迷な態度で言い切る老医師の態度に、明らかに気分を害したらしく、ダルニエを一睨みしてからカテリーナが話の矛先をシェインに向ける。

「シェイン様？　先日は晩餐の席で、失礼な振る舞いをして申し訳ございませんでしたわ」

白々しい謝罪に、シェインは困って首を傾げた。

そもそも、目の前の相手は最初からシェインと会話をする気がない。

声が出ないことと、意思が無いことを混同している節がある。

そんな態度では、どうやっても会話が成立する訳がない。

シェインの反応などお構いなしに、カテリーナは言葉を続けた。

「シェイン様とは、ぜひお近付きになりたいと思っていましたのよ。ヴェルニルに居た頃は、色々な方々とのお遊びがお好きだったのでしょう？　それなのに、どうやって潔癖で有名な狼獣人の王弟殿下の心を射止められたのかしら。ぜひ、その方法をお聞かせ願いたいわ」

語られる内容に全く心当たりが無い。シェインは困惑した顔をする。シェインが居た頃、過ごしていたのは丘陵地帯のダンザという田舎町だ。どんな話を聞いたのかと思っていると、鼻白んだ口調でダルニエが言った。

「たかだか噂で、我が国の王弟妃殿下とご自分を同類と判断するのは賢明とは言えませんな」

その言葉に、ようやくカテリーナが言わんとすることが分かってシェインは身を硬くした。

――カテリーナが言う「色々な方々とのお遊び」というのは、「本物のシェイン王子」の行状のことか。

ヴェルニルの末王子は、性に奔放で多情。

今ではすっかり口にされなくなったものの、ウェロン王国にも届くほど有名な噂だった。

その噂だけしか知らなければ、生涯で伴侶を一人しか持たず、不倫に対して厳しい狼獣人が、そんなヴェルニルの末王子を伴侶に選んだというのは不可思議だろう。よほどの手練手管を使ったと誤解されても仕方がないのかも知れない。

言葉に詰まるシェインの態度をどう取ったのか、カテリーナが前のめりになって言った。

「――猫獣人であるシェイン様なら、よくお分かりになるでしょう？　わたくしたち狐獣人は狼獣人とは、あまりにも習慣や文化が違いすぎますもの。それなのに猫獣人であるシェイン様は、どうやってあそこまで殿下のお心を掴むことが出来ましたの？」

訊ねるカテリーナの目がぎらぎらとしていて、シェインはたじろいだ。何が何でも方法を聞き出そうという気迫が恐ろしい。

そもそも何故、熱心にそんなことを聞き出そうとしているのか――。

考えてから、ふと頭を過ぎったのは晩餐の日に王から伝えられた話だった。

アンデロの国王は使者に色仕掛けをさせる気だ、と。

――それも、ランフォードを相手に。

思い出した途端に、顔からさぁっと血の気が引く。見るからに表情を強ばらせたシェインに気が付いて、カテリーナが軽く眉を上げて、それから何かに思い至ったように笑った。

「あら、ご安心下さいませ？　異母弟の目論見とわたくしの狙いは別ですもの」

――別？

異母弟とはいえ自国の王の命令を、堂々と無視することを明言するカテリーナの心づもりが分からない。

混乱に拍車をかけるシェインに対して、にんまりと笑ってカテリーナが告げる。

「王妃陛下を始め、王族の皆様には随分可愛がられていらっしゃるようですわね、シェイン様は。羨ましいですわ。――当然、先王陛下とも親しくされているのでしょう？」

先王陛下、と言われて浮かんだのは僧のように厳格な雰囲気を湛えたランフォードの実父である。挨拶以来まともに言葉を交わしたことも無い名前を出されて、困惑するシェインにカテリーナがずいと身を乗り出して言う。

「先王妃を亡くされてから、霊廟に籠もりきりだと聞きましたわ。狼獣人の方々は情に厚いことで有名ですものね。さぞかし、心を痛めていらっしゃることでしょう。わたくしも不運なことに幾人もの伴侶に先立たれましたから、その辛さは十分に分かりますわ」

つらつらと続けられる言葉を、困惑しながらただ聞くことしか出来ない。甘ったるい香の匂いに軽い頭痛を覚えた。ダルニエの顔が恐ろしいほど険しくなっていく。

「年齢も十分に釣り合いが取れますし、先王陛下とわたくしなら——とても良い関係を築けると思いませんこと？ ひいては両国の関係も、きっと素晴らしいものになりますわ」

勢いよく言葉を紡ぐカテリーナに、仏頂面でダルニエが口を挟んだ。

「とても、そうとは思えませんな」

「先ほどから——たかだか医者のくせに、余計な口出しはしないで下さる？」

ダルニエの言葉に、噛みつくような勢いでカテリーナが言った。その様子にダルニエがあからさまに軽蔑した態度で鼻を鳴らす。そんな医師の態度に唇の端をひくつかせてから、取り繕うように咳払いをしてカテリーナがすり寄るようにシェインに告げる。

「先王陛下にわたくしを引き合わせてくれませんこと？」

思いも寄らない申し出に、シェインは瞬きをした。

「紹介さえしていただければ、それで結構ですから。そうしていただけないなら、あなたの独身時代のオイタについて、うっかりわたくしの口が滑るかも知れませんわ。王弟殿下が、あなたの昔のご乱行をどれほど承知しているのか知りませんけれど——円満な家庭に波風立てるのは、わたくしとしても本意ではありませんわ。ねぇ、シェイン様？」

粘ついた瑠璃色の瞳に、シェインはただただ沈黙を返す。

思い違いでなければ、これはお願いではなく脅迫である。

そもそもカテリーナは根本的なところを勘違いしている。ヴェルニルの末王子が散々に遊び歩いていた素性を隠して、上手くランフォードに取り入ったと思っているらしいが、それは現実とかけ離れている。

狼獣人に上手く取り入る方法など存在していない。

シェインとランフォードは、ただ出会って心惹かれて結ばれただけだ。

何よりカテリーナの狙いが先王に向けられているのが分かって、シェインは次の行動に迷う。最初の謁見に立ち会った時、顔色を悪くしたランフォードはカテリーナの言を「殆ど嘘だ」と言い切っていた。

ということは、先ほど言っていた「不運にも」伴侶たちと死に別れたのも嘘ということではないだろうか。

不運で無いなら、それは故意——ということになる。

今度は義理の父親が、カテリーナの「不運な」別れ相手として選ばれたということなのだろうか。

シェインは心の底から、ぞっとした。

そんな悪事を平然と行い、その上に嘘を塗り重ねて生きているカテリーナが信じられない。

どうすれば角が立たぬように断りの言葉を告げられるか——。

必死に考えを巡らせるシェインの横で、ダルニエが声を荒らげた。

「そんな下らんことを病人に訊きに来たのか！」

よく響く一喝に空気がびりびりと震える。

シェインが視線をやれば、ダルニエ医師は頭から湯気が出そうなほど——怒り狂っていた。

「この奥手に殿下を誑し込むような才能があってたまるか、この戯け！　朴念仁の殿下が勝手に先に惚れただけだわ！　大体、貴様に言われて困るようなオイタなど、この奥手には無いわ！　あったところでそんなオイタとやらで殿下が、こやつを離すか！　むしろこれ幸いと監禁するわ、馬鹿馬鹿しい！　何を勘違いしてかペラペラと喋りおって——挙げ句に先王陛下に紹介しろと？　貴様と先王陛下のどこが似合いだ、馬鹿者！　伴侶との思い出に静かに浸りたい先王陛下の気持ちも汲まず次の相手を鵜の目鷹の目で探す貴様と釣り合う訳があるか、この阿呆！」

清々しいほどの罵倒に、カテリーナが一瞬呆気に取られた。

白粉を塗った頬が、みるみる紅潮していくのが分かる。眉をつり上げたカテリーナが、少し顎を上げて辛辣な口調でダルニエに言い放った。

「随分とシェイン様に肩入れされること。どんな見返りを貰ったのか、ぜひとも教えていただきたいものですわねぇ？」

シェインが籠絡でもしたかのような言い草に、老医師が再び雷を落とそうと口を開きかける。

——そこに。

「——一体、何の騒ぎですか？　これは？」

困惑に満ちた若い男の声が響く。

カテリーナの後ろに控えていた狐獣人たちが、ざっと割れるように道をあけた。

現れたのは王族の印である銀髪に茶色い目をした青年だった。

シェインは瞬きをした。

旅装姿の青年の顔に、シェインは見覚えがあったからだ。

一年前。

初めて顔を合わせた時より、大人びた顔――。

「カーライル様？」

驚いたようにダルニエが名前を呼ぶ。

到着が遅れていた第五王子――カーライル・フェイ・ルアーノの帰城だった。

辺境の騎士団で過ごしていたせいか、成長期の体は半年前の挙式で見かけた時よりがっしりと逞しくなっている。カーライルの成長に、シェインは純粋に感心した。

そんなシェインの視線には気付かず、カーライルは訝しげに眉を顰めて、医務室の外まで続く狐獣人の列を見つめている。どうやらアンデロからの使者が王城に滞在していることは、帰途のカーライルの耳には届いていなかったようだ。

「なぜ、ウェロンに狐獣人がこんなに？　それになぜ、シェイン様はお一人でいるのですか？　叔父上はどこです？」

率直なカーライルの問いに、ダルニエが簡潔に答えた。

「王弟殿下は、国王陛下に私用がありまして席を外しておりますが、間もなく戻ります。これらはアンデロからの使者とその従者たちです。新しい王が和平を結びたいそうで、その交渉のために押し掛けてきたのですが——先ほどから見当違いに、王弟妃殿下を貶めるようなことばかりを申すので、心得違いを指摘していたところです」

先ほどの剣幕は、とても「指摘」という穏やかな表現に収まるものではなかったが。

そんなことを思うシェインに対して、少しだけ困ったような顔を向けてから、カーライルが狐獣人たちの先頭に立つカテリーナに視線を向けた。

漂う空気からして友好的な話し合いがされていた訳ではないことを察したのだろう。さり気なく、シェインとカテリーナの間に割って入るようにしながらカーライルが訊く。

「貴女が使者の方ですか？」

その問いに、先ほどまでのダルニエとのやり取りを引きずっているらしく、拗ねたような声を出してカテリーナが言った。

「ええ、そうですわ」

それだけ言って、明らかに王族と分かるカーライルに名乗ることもしないカテリーナの態度に、一瞬カーライルの眉が寄る。けれども、そのままカーライルは丁寧な態度で名乗った。

「帰路の関係で到着が遅くなり、ご挨拶が遅れてしまい申し訳ありません。第五王子のカーライル・フェイ・ルアーノです。ようこそ、我が国へ」

カーライルの礼儀正しい態度に、カテリーナの機嫌が僅かに浮上したようだった。笑みを唇に浮かべて、先ほどまでの剣幕が嘘のように婉然とカテリーナが頭を下げる。

「――こちらこそ、急な訪問をお許し下さいませ。アンデロからの使者、カテリーナ・イル・クロフ・シェルドと申します。どうぞよろしく」

白々しい自己紹介の後に、沈黙が漂う。

若い王子は背にシェインを庇ったまま口を開いた。

「――使者の方が、シェイン様に何の御用ですか？　アンデロの国から和平の交渉ということでしたが、それは国王である父や、宰相の担当になるかと思いますが。何より、ダルニエ医師のところにいるということは、シェイン様は体調が万全ではない筈です。そんなシェイン様に、一体どんな御用です？」

カーライルの問いかけは、どれも尤もなものだった。

それに一瞬だけ沈黙して、カテリーナは笑顔を取り繕ったまま告げた。

「――シェイン様のお見舞いに来ましたの。先日、シェイン様に大変失礼な振る舞いをしてしまったので、その謝罪も兼ねまして」

「あれが謝罪の態度か？」

憤然とダルニエ医師が言えば、カテリーナが瑠璃色の瞳でそちらを睨みつける。毒のある視線に、シェインは思わず首を竦めた。そんな様子のカテリーナとダルニエ医師を見比べて、カーライルは至極尤もな意見を口にした。

「謝罪をしたい、というのでしたら——なおさらシェイン様の具合が良い時にお願いします。そして叔父上がいる時に改めて頂けませんか？　貴女の失礼な振る舞いの内容は知りませんが——少なくともダルニエ医師を激怒させるような言葉を口にする人が、医務室に留まるのは賛成できません」

カーライルからの真っ直ぐな意見に、カテリーナが憮然とした顔で沈黙する。今まで口を挟むことをしなかった後ろに控えていた狐獣人が、さっとカテリーナの横に駆け寄って耳打ちをする。

その言葉に納得したように、カテリーナが口を開いた。

「カーライル様の仰る通りですわね。わたくしとしたことが、大変失礼をしてしまいました。お許し下さいませ」

平然とそんな言葉を口にするカテリーナの変わり身の早さが信じられない。困惑したままカーライルの背中越しにカテリーナを見つめていると、瑠璃色の瞳を意地悪く光らせながらカテリーナが艶やかな唇を開いた。

「シェイン様には重ねてお詫びとして、差し上げたい物がございますの。ぜひ受け取っていただきたいですわ」

そんな申し出にシェインは首を横に振った。

政治的な駆け引きに疎いシェインでも、この相手から何かを受け取ることがどれほど危険なことか分かる。シェインからの明確な拒絶の意思を、ちらりと振り返って確認したカーライルが言う。

「そのお詫びの品のやり取りも、叔父上がいる時にお願いします。一国の使者として来られた方との個人的な物のやり取りは、好ましくありません」

「あら、ですけれど――これをランフォード様の前でお渡ししたら困るのはシェイン様だと思いますわ。だから今のうちにこっそりとお渡ししようと思いまして」

「――？　どういう意味です？」

　カーライルが怪訝な口調で言えば、カテリーナが唇の端をつり上げて言う。

「シェイン様にとって思い出深い品でしょうから。王弟殿下の前で受け取っては、さぞかし気まずい思いをされるのではないかと、心配してのことです」

「心配？」

　その言葉をダルニエが鼻で笑う。

　カーライルは困惑した顔で訊いた。

「どうして、シェイン様の思い出の品を貴女が持っているのですか？　そもそもどのような品ですか、それは？」

「それはわたくしの口からは申し上げられませんわ。それに――カーライル様もシェイン様を慕っているようですから。この国の方々は随分と王弟妃殿下に夢を抱いていらっしゃるようですもの。そんな方々にはとても申し上げられるような物ではございませんわ。――ねぇ、シェイン様？」

ねっとりとした瑠璃色の視線を向けられても、シェインは答えに困るだけだ。

含みのある言い方と、先ほどのダルニエ医師の言葉を思い出したらしくカーライルが眉をつり上げる。

「それは一体どういう意味です？」

厳しく追及する第五王子に、カテリーナはどこまでも余裕ぶって笑う。

「どういう意味も何も──猫獣人の気質をご存じありませんの？　カーライル様は？　随分と初心でいらっしゃいますのね」

嘲笑するような言い方に、カーライルがかっとしたように声を荒らげる。

「何の根拠があってそう仰るのかは知りませんが、心ない噂に踊らされて、我が国の王弟妃を侮辱するのはやめていただけますか！　不愉快です！」

カーライルの激昂ぶりが予想外だったようで、カテリーナが瑠璃色の瞳を見開いた。

ダルニエ医師が感心したような口調で呟く。

「──一年前より成長なさったようですな、カーライル様は」

その言葉が聞こえたらしく、カーライルが更に顔を赤くする。

シェインからすれば、一年前にカーライルから糾弾されたのは事態が錯綜してのことであって、それほどカーライルに責任は無いと思っているのだが、第五王子にとっては未だに心の棘となっているらしい。

何と言葉をかけたら良いのかと考えていると、つかつかという足音と共に低い声が言った。

「——私の『番』に何の用だ」

ひやりと、背筋が寒くなるような声。

カーライルがやって来た時よりも素早く、狐獣人の従者たちが左右に飛び退いて道をあける。

怒りに気付いて誰もが硬直する中、シェインだけは安堵と共に体から力を抜いた。

医務室のドアの前。

新緑色の瞳でカテリーナを睨みつけて立っているのは、紛れもなくシェインの伴侶であるランフォードだった。

——ランス。

声の無い声で呼べば、すぐにランフォードの視線がシェインに向けられる。立ち尽くすカテリーナを素通りして、ランフォードは真っ直ぐにシェインに近寄って、その体を抱き上げた。

革製の防具をさっと外して、抱き上げたシェインの匂いを嗅ぐように髪に顔を埋めるランフォードの行動に、シェインは慌てた。今はどう考えてもそれどころではない。

「叔父上、あの——」

おずおずと口を開いたのは、カーライルである。久しぶりに再会した甥にちらりと視線を向けて、ランフォードは淡々と言った。

「カーライル。義姉上が首を長くして帰りを待っている」

その言葉にカーライルが一つ瞬きをして言った。

「あ、はい。悪天候で出立が遅れて、その影響で通常の経路が使えずに、すっかり遅くなってしまって——ではなくて、その」

ダルニエ医師が咳払いをして、カーライルに助け船を出した。

「先ほどから、そこにおられるアンデロの使者殿が王弟妃殿下を侮辱しておりまして。どうにかしていただけませんか」

「——そうなのか？」

ランフォードに顔を覗き込むように訊かれて、シェインは何とも言えずに首を傾げた。

シェイン個人に対しての侮辱というには見当違い過ぎて、扱いに困っているというのが正確なところだ。そんなシェインの複雑な思いを感じ取ったらしく、ランフォードは短く息を吐くと、新緑色の瞳を冷たくしてカテリーナを見据えた。

「——アンデロの使者殿」

静かなランフォードの迫力に、カテリーナは明らかに動揺した顔をしていた。

「私の『番』に何を仰ったのですか？　出来れば一つ残らず繰り返していただけますか？」

出来るでしょう、と有無を言わせず圧力をかけるランフォードの様子にカテリーナがたじろいだのは一瞬のことだった。

傷ついたような顔をしたカテリーナは、大仰に頰に手を当てて声を高くして言う。

「侮辱だなんて――とんでもないことですわ、殿下！　わたくしはシェイン様のお見舞いと共に、先日の晩餐のことを謝罪に伺ったのです。だというのに、そこの医者がわたくしの言葉を全て曲解して――そのせいで第五王子までわたくしの言葉を誤解なされて――」

被害者ぶるカテリーナの言葉に、ダルニエ医師が鼻を鳴らした。カテリーナの主張には一つも取り合わずにダルニエがランフォードにあっさりと告げた。

「さっさとこの香臭い女に帰るように言って下さいませんか、殿下。こちらの使者殿のお陰で、まだ王弟妃殿下への煎じ薬の調合も途中なのです。迷惑極まりない。ついでに、あれで謝罪していたというのなら、アンデロの謝罪は全てウェロンでは侮辱になるでしょうな。アンデロの文化には詳しくありませんが」

一介の医師に歯牙にもかけられていない事実が、カテリーナのプライドを傷つけるらしい。顔を歪めるカテリーナに見向きもせずに、ランフォードが目をやったのは腕の中に抱き上げたシェインだった。

「シェイン」

呼ばれて目を合わせれば、新緑色の瞳が真っ直ぐシェインを見つめる。

「何をされた？」

訊ねる言葉は短く、端的だ。

両腕が塞がっているランフォードの掌を借りるわけにもいかず、シェインは抱えたままだった携帯用の黒板に白墨で文字を綴る。

書いたのも、簡潔な言葉だった。


おどされました。


その文字を読んだ途端に、ぶわりとランフォードが毛を逆立てた。あまりの迫力に狐獣人の従者たちがカテリーナを置き去りにして医務室から後退する。

カーライルが顔を青くして、その横で微かにダルニエ医師が眉を顰めた。

「私の伴侶を脅すとは、どういう了見か説明していただこうか。使者殿」

「そんな――！　王弟妃殿下まで、そんなことを仰るなんて――！」

大仰な嘆きに対して、ランフォードは眉一つ動かさない。

どんどんカテリーナに向ける視線が冷酷になっていくだけだ。

ランフォードにとって誰の言葉に真があるのかを見抜くことなど造作も無いのだ。それを知らないカテリーナからしてみれば、ただ盲目的に猫獣人の末王子と老医師の言葉を王弟が信じ込んでいるようにしか見えないのだろうが。

どうあっても王弟の信を得られないことを悟ったらしく、いかにも傷ついたというような表情を見せながら、カテリーナが口を開いた。

「どうやら、わたくしの行動が誤解を呼んでしまったらしいですわ。それについては申し訳ございません。けれど、どうかシェイン様にお詫びの品を差し上げることを許してはいただけませんか？」

先ほどランフォードの前で受け取ると、シェインが困るだろうと暗に言った口で、平然とそんなことを言ってのけるカテリーナの頭の中が本気で不思議になる。どうすれば次から次へと自分の前言を撤回出来るのだろう。それも明確な悪意を持って。

ランフォードが冷ややかな眼差しをカテリーナに向ける。

断りの言葉が紡がれるよりも前に、カテリーナが後退した従者を呼び寄せて強引に小箱を取り上げた。

「シェイン様を『よく知る者』から聞いて、再現をさせた品ですの。きっとシェイン様も見覚えがあって懐かしいことと思いますわ」

どうぞご覧下さいませ、と大仰に小箱を開いて中身を高々と掲げて見せる。

部屋の中に一瞬だけ沈黙が落ちた。

ランフォードに抱えられているせいで、カテリーナが掲げている箱の中がよく見える。

シェインは一つ瞬きをした。

箱の中に収まっていたのは、蝶を模した巨大な装飾品だった。どうやらブローチの類らしい。

金色の縁取りが蝶の翅や触角までも繊細に再現している。その金縁の中に色とりどりの宝石がぎっしりと詰め込まれて、きらきらと光を放っていた。

――これは一体どんな場面で使うものなのだろう。

シェインがその蝶の装飾品を見て抱いたのは、そんな感想だった。服に着けるにしては重そうだし、部屋の飾りにするにしては中途半端な大きさだ。カテリーナと同じく煌びやかで、目がちかちかとして、一度見れば十分な品だ。手元に置こうとは思わない。

そんなことを思いながら沈黙していれば、カテリーナが意味ありげにシェインを見て例のねっとりした口調で言う。

「お懐かしいでしょう、シェイン様？　あの『マレーナの蝶』を模したものですのよ？　懐かしい人を思い出しませんこと？」

持って回った揺さぶりをかける口調だった。

狐獣人の従者たちの視線が一斉にシェインに向けられる。ダルニエが茶番に辟易したような顔でシェインを見て、カーライルも遠慮がちにシェインに視線を向けた。

瞬きをして顔を上げれば、シェインの菫色の瞳がランフォードの新緑色の瞳とかち合う。ランフォードは静かにシェインに問いかけた。

「――あの装飾品に心当たりは？」

シェインの答えは一つだった。

ありません。

ふるふるとシェインが左右に首を振れば、カーライルがほっとしたように息を吐いて、ダルニエが飽き飽きとしたように息を吐く。

装飾品の名前にも、その実物にも顔色一つ変えないシェインの様子は、カテリーナにとっては予想外だったらしい。瑠璃色の瞳が大きく見開かれて、悔しそうに口元が歪む。

ランフォードは視線をカテリーナに向けて言った。

「私の『番』には見覚えの無い品らしい。誰かと勘違いしているのではないか、使者殿」

その言葉にカテリーナがこめかみに青筋を立てながら言った。

「――お言葉ですけれど、王弟殿下？　いいえ、ランフォード様？　些かご自分の伴侶を信用し過ぎではございませんか？」

ランフォードは冷淡に問いかけた。

「なぜシェインが嘘を吐く必要がある？」

「殿下に知られるとまずい相手の一人や二人――猫獣人ならばいて当然ですわ。狼獣人の皆様は、随分と初心でいらっしゃいますのね」

微かな嘲笑混じりの言葉に、ランフォードは顔色を少しも変えなかった。シェインにランフォードしかいないことは、誰よりもランフォードが知っているのだから当たり前だ。

全く動じることの無い冷ややかな新緑色の眼差しに、カテリーナが少しだけ怯んだ。

瑠璃色の瞳がシェインの方へ向けられる。

口元に手を当てたカテリーナが悔し紛れのように、シェインに向けてぼそりと小さく嫌味を放つ。

「――さすが、猫を被るのがお上手ですこと」

完全に猫獣人であるシェインに対する侮辱である。誰よりも早く、その言葉に反応したのはカーライルだった。

相手に飛びかかりかねない様子で足を踏み出して、大きな声で問いただす。

「今の言葉は、どういう意味ですか！」

怒り任せのカーライルの言葉に、口元から手を離したカテリーナが嫣然と微笑んで言った。

「あら、何か聞こえまして？　カーライル様？」

とぼけたカテリーナの返答に、カーライルがますます頭に血を上らせる。前のめりになるようにして、尻尾を怒りで膨らませながらカーライルが抗議を続けた。

「聞こえたに決まっているでしょう！　撤回して下さい！」

「――わたくし、何か言ったかしら？」

空々しくカテリーナが問いかけたのは、自身の狐獣人たちの従者たちである。控えていた従者たちは、含み笑いを乗せた表情と共に首を振った。そんな従者たちの様子を咎めるでもなく、満足そうに見届けて、カテリーナがカーライルの方を向いて言った。

「わたくしの従者たちは何も聞いていないようですけれど？　カーライル様、旅の疲れが出ているのではないかしら？　空耳ですわ」

――どうやら、先日の晩餐で王妃に言われたことの意趣返しを息子であるカーライルにしているらしい。

あまりにも大人げない仕返しに、シェインは眉を顰めた。

王妃とカテリーナの経緯を知らないカーライルは、カテリーナの小馬鹿にした態度にますます激昂した。

「そんな訳が——ッ」

あるか、と言い切る前に、カーライルの声を遮ったのは、ランフォードの静かな声だった。

「——カーライル」

甥を止めるために発せられた声は、静かだが迫力に満ちていた。

それまで怒りに前のめりになっていたカーライルが、すっと正気を取り戻した顔になる。そのまま自分の冷静さを欠いた行動に恥じ入るような顔をして俯いた。

そんなカーライルの様子を満足げに眺めていたカテリーナに、ランフォードは視線を向けて淡々と感情の籠もらない声で言った。

「先ほどから持って回った言い方をされているが、私の伴侶に対して何か思うところがあるのなら、はっきりと言っていただきたい。生憎、私は兄と違って繊細な言葉のやり取りは苦手だ」

そう言うランフォードに対して、カテリーナが両手を胸の前で合わせて、勿体ぶるように手を捏ねくり回す。

「言いたいことだなんて——！　ただ、ヴェルニルの末王子の『昔』について、どれほど殿下がご存じなのか心配しているだけですわ」

「『昔』というのは？」

そのランフォードの問いに、獲物が罠に掛かったのを見届けたようにカテリーナの瑠璃色の瞳が輝いた。

「とても、わたくしの口からは申し上げられませんわ。──シェイン様の口から、どうぞ直接お聞きになって下さい」

「私は必要なことは全て伴侶から聞いている。その上で、そちらが意味の分からない思わせぶりなことばかりを言ってくるので大変苛立っているだけだ」

「シェイン様は、ランフォード様のお心を思いやって黙っていらっしゃるのですわ。でも、夫婦に隠し事はいけませんものね？　わたくしは忠告をしてさしあげているだけです」

ねぇ、シェイン様？　と、粘ついた口調で話しかけられたところで、シェインは首を傾げることしか出来ない。先ほど見せられた装飾品が意味することの何一つシェインには見当も付かないのだから、仕方がない。

ランフォードが切り捨てるように言い放った。

「私と結婚する前のヴェルニルの末王子に関する噂は、全て根も葉も無いものだ。それについては、ヴェルニルの王が明言をしている。アンデロの使者殿は、ヴェルニルの王が嘘を吐いていると？」

「子を思う親は、嘘の一つや二つ吐くものですわ。その行いを批判している訳ではありませんの。ただ、殿下が何も知らないでいると思うと不憫で──」

埒の明かない言葉のやり取りにランフォードがうんざりとした声を出した。

「なんらかの証拠が無い限り、噂話はどこまでも噂話だ。生憎、狼獣人は裏付けの無い噂話より目に見えるものを信じる」

切り捨てるランフォードの言葉に、カテリーナが反論する。

「上辺だけならいくらでも取り繕えるではありませんか。後ほど、シェイン様によくよく問いただした方がよろしいかと思いますわ――それに、わたくしも何の確証も無しに他国に赴いてこんなことを言い立てるほど愚か者ではありませんの」

ランフォードの冷徹な新緑色の瞳と、カテリーナの挑発的な瑠璃色の瞳が正面からぶつかった。殺気立ったやり取りにシェインは思わず身を竦める。

ランフォードが低い声で言った。

「――アンデロの使者殿は、体調不良で王との話し合いを先送りにしていると聞いていたが、他人の家庭の事情に口を出せるほど体調が回復したようだと兄に伝えておこう。和平の話し合いが進まないことで、国王は苛立っていた。詫びるのなら、そちらにも詫びておくべきだな」

会話を丸ごと切り捨てるランフォードの口調にカテリーナが悠然と笑った。まるで自分の勝利を確信しているような顔で、ちらりとシェインに視線を向けて言う。

「それについては、きっとシェイン様が取りなして下さるでしょう？　そうでないと、この国の中央の方々が集う場所で、とんでもない話が飛び出してくるかも知れませんもの」

蓋を閉じた小箱を見せつけるように振って、カテリーナが言う。

シェインの弱みを握っていると信じて疑わないカテリーナの態度に、シェインは困り切って首を傾げた。もちろん、国王への取りなしなどする筈が無い。先ほど頼まれた先王への紹介も同様だ。

しかし、カテリーナはランフォードの目が届かないところでシェインがその申し出を受けることを確信しているらしい。

しばらく沈黙が漂う。

カテリーナが小箱を背後に控えていた従者の一人に預けながら、わざとらしく溜息を吐いて言う。

「病み上がりに、思ったよりたくさんお話をして疲れてしまいましたわ——よろしければ疲労回復に良く効く薬でも処方して下さらない？」

いけしゃあしゃあとダルニエ医師に対してそんな要求をしてみせる。そんなカテリーナに対して、老医師の言葉はどこまでも辛辣だった。

「儂は病人でもない病人に薬を処方するほど暇でない。お前さんがどこか悪いとしたら性格だろう。そちらは医者の範囲外だ。別の者をあたれ」

歯に衣着せぬ医師の物言いに、カテリーナが大袈裟に顔を歪めて騒ぎ立てる。

「まぁ、酷い！　この国の医者は、他国の王侯貴族に対する敬意が欠けておりませんこと？　これに関しては、正式に陛下に抗議させていただきますわ！」

カテリーナの言葉に、ダルニエ医師を筆頭に狼獣人たちの表情は白けていた。先王陛下の時代から王城に医師として勤めるダルニエの評判も人柄も知れ渡っている。ウェロンに到着してからというもの、敬意の欠片も見せないアンデロの使者が何を言い立てたところで、ダルニエ医師に処罰が下る筈が無い。

無意味な捨て台詞と共に、やっとカテリーナが医務室を出て行った。

狐獣人の従者たちのがやがやと姦しく話す声が遠退いていく。

シェインを抱え直したランフォードが、短く言った。


「――鼻が曲がる」


言い捨てて、シェインの首筋に顔を埋める。

それほど鼻が利かない猫獣人のシェインでさえ、カテリーナが付けていた強烈な甘ったるい香が、鼻の奥に留まっているようで不愉快だ。狼獣人の中でも取り分け鼻が利くランフォードにはさぞかし苦痛だっただろう。加えて、カテリーナの言葉の嘘も嗅ぎ分けていたのなら、その疲労度合いは計り知れない。

片腕に携帯用の黒板を抱え、疲れたようなランフォードの首にもう片方の腕を回し、シェインは労るようにその頭を撫でた。

そんな王弟夫妻のいつもの光景に、眉一つ動かさずにダルニエが口を開いた。

「あんな者を使者に立てた時点で、和平など結ぶつもりは無いでしょう。何を考えているのですか、アンデロの国王は。あれでは纏まるものも纏まりませんでしょう」

言い捨てたダルニエが、視線をカーライルに向けた。

「カーライル様は、どうしてこちらへ？　王妃陛下がお待ちでしょうに」

その言葉に、一連の騒動ですっかり頭に血が上っていたらしいカーライルが我に返ったようにハッとして左腕を翳した。

「母上のところへ行く前に、手当てをして貰おうと思って――悪路で泥濘にはまった馬から振り落とされた時に、少し腕を――」

言いながらカーライルが左袖を捲り上げれば、そこには明らかに素人が処置したような包帯が不格好に巻かれていた。

それを見た途端にダルニエが、カッと目を見開いて言った。

「あんな馬鹿者の相手などせずに、先にそれを言いなさい！」

びりびりと空気を震わせる医師の一喝に、飛び上がったカーライルが無言で何度も頷く。

怒り心頭の顔の医者は、先ほどまでシェインが座っていた椅子に、問答無用でカーライルを着席させた。そのまま薬棚に目を向けながら、ダルニエが言う。

「シェイン様の薬は、きちんと調合し直して儂が後で届けましょう。殿下は、居城に帰るか、今のアンデロの使者の振る舞いについて陛下に報告するかされるのがよろしいでしょう。――全く、今年のロルヘルディに帰る死者は災難ですな。あんな者が滞在していては、現世を懐かしむ暇も無い」

その言葉に、シェインは未だに己の首筋に顔を埋めたままの伴侶の様子を窺う。

——ランス？

頭を撫でていた腕を外して、そっと相手の胸元に手を当てると、ランフォードが大きく深呼吸をしてから顔を上げた。

新緑色の瞳でシェインを見つめてから言う。

「ひとまず、兄上のところに行ってくる。和平のために来た使者が、体調不良を理由に国王を蔑ろにして、人の伴侶を侮辱して脅迫しているなんて——言語道断だ」

言葉の端々に怒りが漲っている。

そんな伴侶を宥めるようにシェインが菫色の瞳を向ければ、ランフォードが少しだけ表情を和らげた。

てきぱきとカーライルの腕の処置をしながら、ダルニエが無造作な口調で言う。

「王弟妃殿下が何を言われたのか、証人が必要なら儂を呼んで下さって構いません。どうにも、あの使者は——王侯貴族以外にも耳や鼻や考える頭があることを忘れているらしい」

その申し出にランフォードが頷いた。

そして、その視線は大人しくダルニエ医師に腕の治療をされている甥である第五王子に向けられる。

「カーライル」

「はい、なんですか？　叔父上」

きょとんとランフォードを見つめるカーライルに、ランフォードが静かに口を開いた。

「──助かった。礼を言う」

もたらされた言葉は簡潔だった。

シェインは、それにふわりと笑う。

ランフォードの言葉を飲み込むのに、しばらく時間がかかったらしい。ぽかんとしたカーライルは、次に顔をかっと赤くして狼狽えたように早口で言った。

「あ、いえ──あの、当然のことを、した、だけで──叔父上に、お礼を言われること、では──」

「じっとしていなさい！」

「はいッ！」

元々は騎士であるランフォードに憧れていた第五王子にとって、叔父からの礼の言葉は殊の外嬉しかったらしい。

そんな様子を見ながら、シェインも抱えていた小さな黒板に文字を綴った。


ありがとうございました。


白墨で綴った文字を見せて、頭を下げてから微笑めば、さらに惚けたような顔をしたカーライルが──ぼっと音が出そうな勢いで顔を赤くした。

シェインからの礼の言葉に、それほど照れる要素があっただろうか。不思議に思ったところで、ランフォードが険しい顔をしてシェインを抱く腕に力を込める。

——ランス？

問うように伴侶を見上げれば、先ほどまで甥の成長を褒めるように柔らかい色をしていたランフォードの新緑色の瞳が眇められている。

地を這うような低い声でランフォードが言った。

「……カーライル」

「ち、違います、叔父上！　これは、えっ、これは!?　なんだか分からないけれど、違います!!　そんな、疚しい気持ちは一つもありません！　えっ、無いのか!?　あっ、違います、ごめんなさい！　えっ、え、え!?」

「動くなと言っておろうが!!」

尚も顔を赤くしたまま訳の分からないことを言い募る第五王子に、老医師の怒声が飛んだ。

そのまま眼光鋭くランフォードを睨んでダルニエが言う。

「殿下！　さっさと国王陛下のところにお行きなさい！　これでは治療に支障が出る！　思春期の若者のときめきを真剣に取り合っていたら日が暮れますぞ!!」

「ときめいてませんッ、ときめいてませんから、叔父上!!」

「やかましいッ！　殿下に上辺の取り繕いが通じるか!!　初恋は叶わないものと相場が決まっておる！　さっさと諦めい！」

「ちがっ、違います！　違いますよ、ダルニエ医師!?　違いますから、叔父上!!」

必死になって言いながら、しまいには頭を抱えたカーライルにダルニエの容赦ない怒声が轟いた。

無言でそれを見つめていたランフォードは、ダルニエ医師の言葉に従うことにしたようで、シェインを抱えたまままくるりと踵を返した。

怒濤のやり取りに、シェインは菫色の瞳を瞬いた。

初恋？

カーライルがランフォードに？

騎士としてのランフォードにカーライルが憧憬を抱いていたのは知っているが、それが先ほどの言葉で恋にまでなってしまったということだろうか。同性の恋愛に対しては寛容であるが、叔父と甥では関係が近すぎる。

何より――ランフォードはシェインのものなのだから、困る。

黒板を抱えたままぐるぐると考えるシェインに、ランフォードが溜息を吐いて言う。

「シェイン――」

顔を上げれば新緑色の瞳と目が合う。

「今のは、君が考えている意味ではない」

「――？」

それならどういう意味だろう。眉間に皺を寄せれば、シェインの額に唇を寄せてランフォードが言う。

「考えなくて良い」

──？

よく分からないままランフォードの言葉に頷けば、相変わらずシェインを抱(かか)えたままランフォードは先ほどまで訪(おとず)れていた筈(はず)の王の執務(しつむ)室へと向かって大股(おおまた)に歩き出した。

第四章

——おかあさん。

声の無い声で呼びかける。

振り返った水色の瞳に浮かんでいるのは、間違いなく悲しみだった。

その顔を見ながら胸に湧き上がったのは、素朴な疑問だった。

——ねぇ、おかあさん。

届かないことを承知で、シェインは母親に問いかけを続ける。

おかあさんは——。

「——シェイン？」

安心する声に名前を呼ばれる。

ぱっと目を開くと、飛び込んできたのは気遣わしげな新緑色の瞳だった。瞬きをすれば、シェインの手とは違うがっしりとした掌が頬に添えられて、指先が優しく涙の雫を拭っていく。

辺りを見回して、シェインはほっと溜息を吐いた。ランフォードの居城の二人の居間だ。長椅子の上でいつのまにか、うたた寝をしてしまったらしい。部屋の中は、黄昏色に染まっていた。

「——ダルニエ医師の薬も届いている。今日は早めに休もう」

そう言いながら、ランフォードの手がシェインの頬を労るように撫でて最後に黒い三角耳の付け根を擽るようにして離れていく。

その掌を目で追いながら、シェインは昼間の出来事をぼんやりと思い出していた。

——ダルニエ医師の医務室で、アンデロからの使者であるカテリーナに脅迫と侮辱を受けたこと。

それらを報告するために訪れた国王の執務室で、王のレンフォードは手元の書類に熱心に目を通している最中だった。先ほど出て行った筈の弟が、今度は伴侶を腕に抱えて引き返して来たことに、王は驚きを隠さなかった。

シェインはランフォードの手を借りて、カテリーナからの言葉の概要をざっくり王に伝えた。

相手が「本物のシェイン王子」の過去の行状の証拠を握っているらしいこと。

それを盾にシェインを思い通りに動かせるだろうと思っていること。

そして、先王に自分を引き合わせろと強く訴えられたこと。

シェインが掌に文字を綴るごとに、ランフォードの雰囲気が冷え冷えとしたものになっていく。

シェインにしてみれば、してもいない行状で脅迫されたところで痛くも痒くも無いのだが、一国の使者がウェロンの王族にかける言葉として適切で無いことは分かる。見過ごしてはならないことだろうと思っての報告に、こめかみを指で叩きながらレンフォードが深く息を吐いた。

「ここまで予想通りだと——なんだか頭が痛くなるな」

うんざりとした調子で言ったレンフォードが、机の端で山になっている手紙の束を見つめる。それは他ならぬカテリーナが、先王であるユングエルに宛てた手紙の束だという。滞在して日が浅いというのに、あまりにも夥しい量にシェインは若干の恐ろしさを覚えた。

「仮にシェインが父上にあの使者を引き合わせたとして――父上が使者に靡くだなんてあり得ないというのに。伴侶を亡くした年寄りが全員色ボケだと思うのは結構な侮辱だ」

そう言いながら、辟易した顔で背もたれに体を預けた国王が天井を仰ぐ。その横に控えているカークランドは目のやり場に困ったような顔で、相変わらずシェインを抱えたままのランフォードをちらりと見て、それからあちこちに視線をさまよわせている。

抱えられたまま王に顔を合わせるのは失礼だろうとシェインも思うのだが、ランフォードがあまりにも神経を尖らせているので、なるべく側にいてやりたいと思ってしまう。普段なら腕から下ろして欲しいと頼むところだが、今日は黙ったままでいることにした。

「喜ばしいのはカーライルが帰城したことぐらいか。やっと家族が勢ぞろいだ。さて――」

どうしたものか、と言いながら頬杖を突く兄の様子に、ランフォードが静かに口を開いた。

「何か分かったのか？」

それにレンフォードが横に立つカークランドを示す。

「お前が出て行ってからアンデロに関しての知らせが入ってね。それをカークランドが持ってきた。――どうやら我が国は、アンデロの新王に異母姉を国外に追い出すための餌として使われただけらしい。和平は成立すれば良し、不成立ならば不干渉を決め込めば良し、というところかな。全く、本当に性格の悪い——」

嫌になるよ、と呟くレンフォードの深緑色の瞳が、少し酷薄に細められる。

それにシェインは反射的に身を竦めた。

腕の中の伴侶の反応に気付いて、宥めるように体を抱えなおしたランフォードが単刀直入に訊く。

「どうするつもりだ？」

「もちろん、さっさと追い出すさ。ロルヘルディの最終日に、あんな使者がいたのでは楽しめるものも楽しめない。ただ——このまま手ぶらで帰すのは、面白くないだろう？　あちらの新王に侮られて、また同じように利用されることがあっては堪らない」

にっこりと笑って、レンフォードが言った。

「その辺りをアンデロの新王陛下に教え込んでやる悪巧みを、これから宰相とカークランドと一緒に立てるさ」

国王のにこやかな笑顔が怖い。

悪巧みの相談に自分の名前が連なっていることに、カークランドがぎょっとして父親を見た。

そんな息子の視線に対して、レンフォードはにこやかに言う。

「これぐらいの腹芸は王の仕事の一つだからね。覚えておきなさい」

口調は柔らかいが、逆らうことを許さない声音だった。

どうやら使者の振る舞いは、王の機嫌を相当に損ねているらしい。

普段は飄々とした王から滲み出る怒りに、シェインは尻尾を丸めた。思えば、カテリーナは晩餐の席で王妃に対して敬意を払っていなかった。カテリーナのシェインに対する当てこすりに怒り狂った王妃の印象が強すぎて頭から抜けていたが、愛妻家のこの人が伴侶を蔑ろにされたことを忘れる筈が無かった。

すっかりランフォードの腕の中で縮こまってしまったシェインを見て、溜息を吐いたランフォードが言う。

「――兄上」

咎めるような弟の声に、レンフォードがぱっと表情を切り替えて、シェインに笑いかけた。

「ああ、すまない。どうにも、あの国に関しては腹に据えかねることが多くてね。――ロルへルディが始まってから、よく眠れていないんだろう？　今日はもう休みなさい」

先ほどまで滲み出ていた怒気を、一瞬で収めてしまうレンフォードの器用さにシェインは目を瞠るしか無い。かけられる言葉にこくこくと頷きながら、ランフォードに抱えられたまま国王の執務室を退室した。

二人で居城に帰って、夕飯までの間――少し休もうと長椅子に下ろされてから、どうやら緊張の糸が切れて眠ってしまったらしかった。

――夕ご飯。

そろそろ支度に取りかからないと、遅くなってしまう。

食事の支度をするのもシェインの仕事だ。ランフォードの帰りが早い時は、二人揃って厨房に立つことも少なくないが、基本的に厨房はシェインのものである。

どんな時でも飯を食え、というのは公爵邸で下働きをしていた時の料理人からの教えだ。

こんな日にこそ食事をきちんと取らないといけない。

そう思いながら体を起こそうとするシェインを、ランフォードがやんわりと止めて言った。

「今日の食事は、王城の厨房に頼んである。私と君の食事が二つ分増えたところで、厨房は困らないそうだ。――アンデロの使者が君に絡んだことも知れ渡っている。むしろ、ゆっくりしてくれと使用人たちから言伝を頼まれている」

殆どの扉や窓が開け放たれている王城であれだけの騒ぎを起こせば、使用人の耳に入って当然だろう。使用人たちの心遣いに、ほっとシェインが溜息を吐くと、ランフォードがシェインの頬を撫でながら言う。

「――シェイン」

その呼びかけに菫色の瞳を瞬かせて、シェインは伴侶を見やる。

ランフォードが新緑色の瞳を真っ直ぐ向けて言った。

「――君のところに来ているのは、誰だ？」

問いかけの意味が分からずに、シェインは瞬きをする。そんなシェインにランフォードは言葉を続けた。

「君の夢に現れているのは――誰だ？」

言葉を変えた問いかけに、ひゅっと喉が鳴る。

泣きそうに歪んだ水色の瞳が頭の中に浮かんで、シェインは体を強ばらせた。

「ロルヘルディに私と君のところを訪れる者はいないと思っていた。私の祖父母は早世している。他に近親者で亡くなっているのは母上だけだが――母上は、私のところより父上のところに行くだろう。戦場では何人も――敵も味方も含めて見送ってきたが、彼らにはそれぞれ私よりも思う者がいただろうから、こちらには姿を現さないと思っていた」

ランフォードが淡々と告げて、そこで言葉を切った。

「君の『家族たち』も、ダンザで健在だ。だから、この行事が君にそこまで影響するとは思っていなかったんだが――」

シェインの頰に当てられた掌に、少しだけ力が加わる。

新緑色の瞳は、真剣で――ただ純粋にシェインを心配していた。

「シェイン――君のところへ誰が来ている？」

教えてくれないか、と問いかける声がどこまでも優しい。それがシェインの心を酷く揺さぶる。ロルヘルディが始まってから、ずっと心配をかけていただろうに――ここまで黙って見守っていてくれたランフォードに申し訳ないという気持ちがこみ上げる。

それと共に、そんな忍耐強い優しさが――愛おしくて堪らなくなる。

差し出された掌に、シェインは文字を綴った。

ごめんなさい。

「――どうして謝る？」

しんぱいをかけて。

「君を心配するのは『番』である私の権利だ。――むしろ、心配するなと言われる方が困る」

冗談とも本気ともつかないランフォードの言葉に、シェインは少しだけ微笑んだ。それから一瞬の躊躇の後、言葉を綴る。

おかあさん。

「――？　なに？」

怪訝そうに聞き返されるのに、困った顔をしながらシェインはもう一度、ランフォードの掌に文字を綴った。

おかあさんが、くるんです。

その言葉にランフォードが顔色を変えた。シェインがどういう経緯で母親に捨てられたのか、ランフォードは知っている。幼いシェインを置き去りにした母と再会することなく、街をさまよっている内に公爵邸の親切な管財人に拾われて、そのままヴェルニルの田舎町で、優しい使用人仲間たちに囲まれて育った。

文字にしてランフォードに伝えた途端に、どっと体から力が抜ける。ずっとあった胸の閊えが下りた気がして、シェインは大きく息を吐いた。

ランフォードが硬い声で訊ねる。

「——何か言われるのか？」

その問いに、シェインは首を振った。

シェインが覚えている限り、母はシェインに何の言葉もかけない。

ただ、シェインを置き去りにして家を出て行くだけだ。

声の出ないシェインを見て、傷ついたような顔をしながら——。

日毎、鮮明になっていく夢は、果たしてシェインの記憶なのか——誰かに見せられているものなのか判然としない。

どこに行くの、という問いさえ発することが出来ないシェインを見る水色の瞳を思い出す。

いつか泣き出したシェインに向けて、母親が上げた金切り声が耳の中で響いた。

——泣きたいのは、こっちの方よ！

繰り返しの夢の中で、その言葉がだんだん棘になってシェインの胸を刺してくる。悄然と菫色の瞳を伏せたシェインに、ランフォードが思わずといったように名前を呼んだ。

「シェイン？」

新緑色の瞳は気遣わしげな色をしている。それにぎこちなく微笑むと、ランフォードが険しい顔で言う。

「――どんな夢だ？」

どうして今更来るのか――。

そんな思いが透けて見える声に、シェインはゆっくりと指先で夢の情景を綴る。

灰色の部屋。

啜り泣く女の声。

酒と香の入り交じった匂い。

冷たい部屋の片隅。

部屋を出て行く母親の背中を、呼び止めることすら出来なかったシェイン。

傷ついた水色の瞳。

シェインがその情景を伝え終わるまで、ランフォードは一言も口を挟まなかった。ようやく夢の残滓を全て吐き出すように伝え終えたところで、掌に乗せたシェインの指先ごと手を握ってランフォードが言う。

「――シェイン」

「――？」

新緑色の瞳が近い。

それを不思議な思いで見つめていると、眉を顰めてランフォードが言う。

「どうして――君は、そんなに自分を責めているんだ？」

——？

かけられた言葉の意味が分からずに瞬きをする。

そんなシェインに向けて、ランフォードは言葉を重ねた。

「なぜ、そんなに悔いている？」

重ねられる質問に答えることが出来ない。ただ、ランフォードの言葉は夢を見始めてからシェインが抱えて来た感情を的確に突いていた。

——シェインは、確かに自分を責めていたし、悔いていた。

微かに唇を動かしたところで、シェインの喉から声は出て来ない。それに瞳を歪ませれば、ランフォードがシェインの体を引き寄せて言う。

「君は被害者だろう？　どんな理由があったにしろ、唯一の保護者である母親が君を捨てたんだ。その後、君がこうして生きているのは単なる偶然だ。運が良かっただけだ。それなのに——どうして、君をそんな目に遭わせた相手に君がそんなに——心を削る必要があるんだ？」

最後の方の問いかけは、絞り出すような声だった。見返した新緑色の瞳が酷く苦しそうに細められている。ランフォードの言葉に、シェインはそっと目を伏せた。

母は、シェインのことを捨てて出て行った。

夢を見て過去を思い出すまで、シェインもそう思っていた。

だけれど、あの傷ついた水色の瞳を思い出すと、心がざわめく。

幼い頃。

どんな言葉を発しても呼びかけても、シェインの母親は泣くか怒るか、それだけの反応しか返してくれなかった。

だから、幼心に諦めたシェインは声を捨てた。

自分から、母親へと意思を伝える手段を手放した。

「それの何が悪い？」

シェインの声が出なくなったことを知って、シェインの母親は激昂した。散々、何か言えと罵声を浴びせられて、肩を揺さぶられて、最後は激しく泣いていた。

そして、シェインを置いて出て行った。

遂に帰って来なかった母親に、幼いシェインが思ったのは――やっぱりという絶望と、微かな安堵だった。

「シェイン？」

ランフォードの問いかけに、シェインはひっそりと指先を動かして答えた。

すてたら、しあわせになるとおもった。

「――何？」

ぼくをすてたら、しあわせになるとおもった。

感情の起伏の激しい母親の笑ったところを、シェインは一度も思い出せない。彼女はいつも怒っているか泣いていた。感情の爆発は大抵、シェインが彼女に話しかけたり呼びかけたりすることで始まった。

母親という枷が、そこまで目の前の人を苦しませるのなら――それを捨てさせれば良いという浅はかな子どもの知恵。

母親が自分に笑いかけることはないという諦めと共に抱いた小さな計画――。

その結果、声を捨てたシェインを、母親は捨てた。

その後は――きっと幸せになったのだと思った。

彼女を苛立たせて悲しませるシェインは、もういないのだから。今頃、シェインのことなど忘れて幸せになっていると思った。

けれど――。

ぼくが、さきに、すてた。

おかあさん、という呼び名しか知らない人。

名前も定かで無い彼女を、先に見捨てたのはシェインの方だ。

彼女の感情を揺さぶることを諦めた時点で、シェインは母親を拒んだのだ。

今まで思い込んでいたことと、順序は全て逆だった。

母親がシェインを捨てたのではない。

シェインが母親を捨てたから、母親はシェインの下を去ったのだ。


だから、きっと、くる。


夢の中に現れる母親の姿は、シェインが最後に見たままで止まっている。

ロルヘルディは死者が現世に帰る時だという。

母親が姿を現したということは、きっと彼女は死んでいるのだろう。そして、息子であるシェインのところへ来た。

——傷ついた水色の瞳。

最後に彼女を傷つけたのが他ならぬ自分であったという事実に、胸が抉られる。真意を問おうにも、シェインにはその方法が無い。

彼女は戸口で振り返ったまま、シェインに歩み寄ることは決してしないから。

謝罪の言葉も何もかも届かない。

シェインが捨ててしまったから。

ひどいことを、したから。

母親の気が済むまで付き合うしか無いのだろう。

現に母親を捨てた筈のシェインが、こんなに満ち足りて幸せなのだから、そんな息子に対して恨みを抱いたところで仕方がないと思う。

だから、だいじょうぶ。

原因はシェインにあるのだ。本当なら泣く権利すら無いのに、涙が出るのは浅はかな計画で――結局、大事な人を傷つけた事実を実感するからなのだろう。

そして、すっかり幸せになっていると思いこんでいた彼女が、幸せになるどころかこの世から去っていた事実が、途方も無く償い難い行いとして胸に刺さる。

ごめんなさい。

ランフォードに向けた謝罪は、心配をかけたことと――シェインの幼い頃の過ちに付き合わせてしまったことに対してだった。

文字を綴ってから、しばらくランフォードは全く動かなかった。

菫色の瞳を伏せたまま、シェインはランフォードからの言葉を待った。

呆れてしまったか、失望されてしまったかも知れない。

母親を捨てた、なんて酷いことを幼い頃にしてのけて、のうのうと幸せに暮らしているなんてあまりにも虫がいいと自分でも思う。

それでもランフォードに正直に打ち明けたのは、誰よりもシェインを思ってくれる伴侶に、嘘を吐くという選択肢が存在しなかったからだ。

——最後に言葉を紡いでから、どれだけの時間が経ったのか。

「シェイン」

微かに震える声で名前を呼ばれて、顔を上げれば——真っ青な顔のランフォードがいる。新緑色の瞳がぎらりと光っていた。それに言葉を失っていれば、両肩が思い切り掴まれる。

そのままランフォードが言った。

「——違うだろう」

——？

首を傾げるシェインに向けて、青白い顔のままランフォードが物凄い勢いで言い募る。

「君が捨てた？　君に捨てさせたのは母親だろう。一体その時の君は何歳だ？　その子どもに——そんな子どもに、唯一の保護者を捨てることを強いておいて、被害者面してやって来る権利が、死者だろうが生者だろうがあってたまるか！」

最後には怒声が轟いた。

びりびりと空気を揺らす怒気に、シェインはただ目を見開く。

ランフォードの顔が真っ青なのは、血の気が引くほど怒り狂っているからだということに、ようやく気付いた。

シェインが何かを伝えようとするよりも先に、ランフォードが口早に言い立てる。

「酷いことをされたのは君だ！　間違えるな！　君が声を捨てるまで——君に声を捨てさせる

まで、君を拒絶したのは君の母親だ！　幼い子どもに、それがどれほどの苦痛か——分からない訳が無いだろう！　自分の心を守るために、拒絶に拒絶を返されただけで傷ついた顔をされる謂れは無い！　——君が幸せで何が悪い!?　のうのうと幸せ？　君がどんな苦労をしたのかも知らずに、それを見届けることもなく死んだ奴が勝手なことを言うな！　そんなことは私が許さない！」

ここまで感情を露わにしたランフォードを見るのは、初めてかも知れない。降ってきたのが断罪でも罵倒でも無いことに、シェインはただ呆気に取られて伴侶を見つめた。

そんなシェインの様子に、ランフォードが新緑色の瞳を細めた。

「シェイン——頼むから」

それまで怖いぐらいの怒気に包まれていた声が、一転して弱々しく嘆願の色を帯びる。肩を摑んでいた両手が、シェインの頰を包むように触れる。新緑色の瞳が悲しい色をしてシェインを見つめている。

「自分を責めないでくれ。君は悪くない」

シェインは目を見開いて固まった。

シェインは本当に悪くないのだろうか。そんな疑問が浮かぶのは、あの水色の瞳が頭の中にこびりついているからだ。

ランフォードの言葉に、咄嗟の判断が出来ない。

硬直するシェインの菫色の瞳を、ランフォードの新緑色の瞳がのぞき込む。

「シェイン」

そのまま、こつりと額を合わされる。鼻先が触れ合いそうなほど、相手の顔が近い。ランフォードが懇願するように言った。

「君は何も悪くない。だから——そんなに自分を責めないでくれ」

その言葉にどんな反応をすれば良いのか分からない。予想していた言葉とかけ離れた伴侶からの言葉に、シェインはただ困ってしまって相手を見返した。そんなシェインを痛ましそうに見つめて、ランフォードがその体を思い切り抱き締めた。

「——シェイン」

ただ名前を呼ぶだけで、その後は何の言葉も続かない。

黄昏に染まった部屋の中。

いっそう影が濃くなって、夕闇が夜の色に変わって——使用人が遠慮がちに食事の支度を整えたという声をかけるまで、シェインはただランフォードの腕に抱き締められていた。

＊＊＊＊

ダルニエ医師が用意してくれた煎じ薬は、薬草独特のえぐみが前面に出た代物だった。苦労

して飲み下して、何度も水で口を漱いでいる内に、胃のあたりを中心にぽかぽかとした感覚が体に巡って来たような気がする。

――これなら、確かによく眠れるかも知れない。

そう思いながら寝室に戻れば、綺麗に整えられた寝台の上でランフォードが待っていた。

「シェイン」

おいで、というように腕を広げる。遠慮がちに近付けば、そのまま思い切り抱き締められて、何度も慰めるような口づけが顔中に降ってくる。

――話さなければ良かった。

シェインの夢に誰が訪れて来ているのか。それを話してから、ランフォードはずっと傷ついたような顔をしている。

シェインよりもよほど傷ついたような顔をしている伴侶を見ていると、どうしようもなく心が痛んだ。

ごめんなさい。

謝罪の言葉を綴れば、微かに眉を寄せてランフォードが言う。

「――何がだ?」

ゆめのこと、しんぱいさせて。

優しい相手が心配しない筈が無いのに、一人で胸に抱えているのが重くなって余計なことを言ってしまった。そんな後悔に駆られるシェインに、深く息を吐いたランフォードが言った。

「――違う」

――？

何が違うのだろう、と目を瞬いたところで、そのまま寝台の上に倒された。寝台の灯りは点いたままだ。シェインを見下ろす新緑色の瞳が、はっきりと見える。

「君は何も悪くない」

何度も口にされた言葉に、シェインは困ったように微笑んだ。

そう言ってくれるランフォードの優しさも分かる。年端もいかない子どもに酷いことを強いたのは母だという理屈も分かる。

けれど、それに感情が付いていかない。

手を離されたと思ったのに――手を離したのが自分だという衝撃が、心から抜けない。

あんな風に傷つけた母を置いて――シェインが幸せになっていることが、何より引け目を感じさせる。

――捨てたら、幸せになると思っていたのに。

おかあさん、と呼びながら盲目的にその姿を追うシェインが重荷になっているのなら、手を離してしまえば軽やかにどこへでも行けるのだろうと思っていた。

十数年ぶりに見せつけられた自分の過ちが、痛い。

どうしようもないほどに、痛い。

あれが過ちだったというのなら、なんのためにシェインは声を捨てたのか。

目の前の——誰より大切な人を呼ぶ声を捨ててまで。

シェインは一体、何をしたのだろうか——。

「シェイン」

名前を呼ぶ声は静かだった。

見返せばランフォードが新緑色の瞳を切なそうに揺らして言う。

「君が、その時に声を捨てていなければ——今も私は一人だ」

その言葉にシェインは驚いて目を見開く。

否定をしようとしたところで、言葉が続かない。

それは確かに、ランフォードが言う通りだった。

あのままシェインが母親のことを諦めずに、ずっと縋り続けていたら——どうなったのかは、正直想像も出来ない。ただそうなった時に確かなことは、親切な管財人に拾われて、優しい仲間に囲まれて育つことは無かったということだ。それは即ち、シェインがヴェルニルという国を出ることが無いまま生涯を終えたということだ。

当然ながら、ランフォードと出会うことなどあり得ない。

新緑色の瞳の優しさも、身を寄せ合って笑う嬉しさも、何一つ知らないまま——シェインは一生を終えていただろう。

シェインのことなど欠片も知らずに、王弟としての人生を全うしていただろうランフォードのことを思うと、どうしようもなく心が軋んだ。

「君が声を捨てたのは間違いじゃない」

言い聞かせるような優しい声音に、心がぐらつく。シェインを見下ろしながら、ランフォードが言った。

「もしも、君が今ここにいなかったら――私は不幸だ」

片手が優しく頬に触れる。

壊れ物でも扱うように優しく触れる掌に、反射的に身を寄せる。ランフォードが柔らかい声で言った。

「君が今の君でいるのは、君が私と出会うまでに積み重ねてきた過去があるからだろう。それがどんなものであろうと、君が必死に積み重ねて生きてきた証なら、私は全て愛おしいと思う――それが過ちだなんて、誰にも言わせない。君の母親だろうと、世界中の誰だろうと、君自身だろうと」

シェイン、と当たり前のように呼ぶ声が鼓膜を揺さぶる。

ランフォードと出会ってから、何度その声で名前を呼ばれただろう。

シェインは母親が自分を名前で呼ぶ声を思い出せない。

「――シェイン」

菫色の瞳を見開いたまま硬直するシェインに向かって、ランフォードがこの上無く優しい声で言う。

「君が苦しいと私も苦しい。君が悲しいなら私も悲しい。君が不幸なら私も不幸だ」

だから、とシェインの黒髪を一房摑んでランフォードが言う。

「これは優しさじゃない、単なる私の我が儘だ。——頼むから、昔の君の行動を責めるのも悔いるのも止めてくれ」

でも——。

「私に君が出会ってくれるためには、全て必要なことだったんだ」

それは結果論だ。

偶然、ランフォードと出会って、互いに惹かれて結ばれただけ。それが無ければ、シェインはただ母親を捨てただけなのに——。

「シェイン」

頭の中で渦巻く反論は何一つ言葉にならない。シェインのぐちゃぐちゃな感情を分かっているだろうに、ランフォードの声はどこまでも凪いでいた。その顔がシェインの喉元に近づいて、微かに隆起した喉仏に唇が触れる。

「私のために声を捨ててくれて、ありがとう」

——やっぱり、この人は、どこまでもシェインに優しい。

それまで胸に留めていた感情が全て決壊する。思い切り手を伸ばしてランフォードの首に抱きつけば、その体を軽々と持ち上げて、シェインに言い聞かせるようにランフォードが言葉を紡ぐ。

「――もう自分を責めるのは止めてくれるな？」

嬉しさと悲しさと――その他、色々な感情が入り乱れてぐちゃぐちゃのまま目から勝手に涙だけが溢れてくる。

そこまで言われてしまえば頷くしかない。

何もかも全てが目の前の相手にたどり着くための道筋で、相手のためという名目にして――シェインの過去の責任も、全て背負おうとしようとしてくれるのだから。

――ランス。

声の無い呼びかけに、新緑色の瞳が真っ直ぐシェインを見つめた。

過ちの責任丸ごと全てを背負おうとしてくれる人に、謝罪の言葉を綴ろうとして、シェインは少し考えてから送る言葉を変えた。

ありがとう。

その言葉にランフォードが目を細めて、シェインの唇に口づけを落とした。

「私の我が儘だ」

――こんなに優しい我が儘を、シェインは他に知らない。

簡単な言葉では伝えきれないほど渦巻く感情をどうにかして相手に伝えたくて、シェインは無言で相手に抱きついた。

そんなシェインに応えるように背中に腕が回って、優しく何度も口づけられる。

灰色の部屋。置き去りにされた幼い頃のシェインを、ようやく抱き締めて貰えたような――

そんな気がした。

「――っ、――」

睦み合う時にいつも優しい指先が、今日はとびきり優しい。

旋毛から爪先まで、丁寧に口づけを落とされて、そのまま丁寧に体を拓かれる。息も絶え絶えのシェインを気遣うように、優しく何度も角度を変えた口づけが落とされた。

無意識に甘えるように相手の体に尻尾が巻き付いている。

それをどうにかしようという意識はとっくに消え失せていた。

優しく、それでいて体の端々に火を点けるような刺激に、堪らず息が上がっていく。

上下する薄い胸の尖りに、ランフォードの指先が触れる。

この一年、ずっと閨を共にしてきた体は簡単に反応して、ひくりと足が跳ね上がった。兆して先走りをこぼす中心が痛いぐらいで、泣いているようだ。短い息をこぼしながら、喉を鳴らす猫のような仕草でランフォードの肩口に顔を埋めた。

がっしりとした肩の線と太い首。鎖骨の窪みに拙いながら歯を立てて吸い付けば、ランフォードが微かに笑った。

「シェイン」

愛している、と鼓膜に染み込ませるような声が囁く。

それはシェインが言うべき言葉だ。

好き。

大好き。

愛してる。

鼻が利くランフォードが残らずシェインの感情を掬い取ってくれているのは知っている。けれども、それを知っていてなお、きちんと音にして伝えたいほどの想いが胸の中にある。

それすら伝えられない自分に、苛立ちに似た落胆を覚えるのは、こんな時だ。

ランフォードから愛されて、シェインは随分欲張りになったと思う。

余すところなく全てを伝えても、まだ足りない。そんなことを思うだなんて――本当に贅沢で我が儘だ。

「シェイン」

聞こえている、と優しく言う声と共に胸元を擽っていた手が、下肢へと下りた。ぬるりとした先走りを掬うようにして、ごつごつとした指が後孔をゆっくりと押し拡げていく。

「――――っ、――――！」

いつもされていることなのに、なぜか今日は妙に気恥ずかしくて堪らない。そんなシェインの羞恥を嗅ぎ取ったようで、ランフォードが怪訝そうな声と共に指の動きを止めた。

どうした、と言いながらあやすように三角耳の付け根にランフォードが唇を落とす。

「シェイン？」

好き。

好き。

大好き。

ランスが、好き。

愛してる。

そんな言葉を改めて実感して、胸の中が痺れたようになっている。それと共に、まるで初めて体を重ねた時のような羞恥心が体中に満ちていた。

そんな自分に戸惑って菫色の瞳を瞬かせるシェインに、小さくランフォードが笑った。

「――惚れ直してくれたのか？」

その言葉にぽかんとして、それからシェインは更に真っ赤になった。

惚れ直した――？

その言葉の意味を考えて、シェインは思う。惚れているか、惚れていないかで言えば、シェインは、ずっとランフォードに惚れている。

厳密にこの気持ちを言うならば――。

「？　シェイン？」

どうした、と問いかける声に、相手の胸元に文字を綴る。

もっとすきになっただけ。

いつだって気持ちは少しも損なわれたことはない。だから、惚れ直すという言葉は正しくないだろう。ただ、もうこれ以上ないぐらいに好きだと思っていた相手を、更に好きになったという気持ちに、新鮮な驚きと羞恥が拭えない。

旋毛から爪先まで、その気持ちに満たされていて——とても幸せだと思う。

そんなシェインの言葉に一瞬、硬直したように動きを止めたランフォードは深く息を吐いて言う。

「——本当に、君は」

——？

シェインがどうかしたかと思って顔を少し上げれば、唇を塞がれた。唇を割って入り込んできた舌が、歯列をなぞり、戸惑って動かないシェインの舌を引き出して絡めるように擦る。

そのまま後孔に埋められた指が、本数を増やして浅いところを緩やかに突いた。

上も下も余すところなくランフォードでいっぱいになる。

満たされていく感覚に、喉を鳴らすようにしながら混ざった唾液を飲み下す。ようやく唇が離れると、快楽で蕩けた菫色の瞳を見つめて、新緑色の瞳が真摯な声で言った。

「――私の側で、幸せになってくれ」

シェイン、と返事を求める声に、何度も頷く。

いつだってシェインはランフォードの隣にいて幸せだ。幸せ過ぎて怖くなるぐらい。

だから、あの夢を見て――母親に対して申し訳なく思ったし、自分を責めて悔いたのだ。シェインが幸せに出来なかった、この世で初めて出来た大事な人。

――ごめんなさい、おかあさん。

あの時、シェインは母親を幸せに出来なかった。拒絶をすることで幸せになると思った人は、結局傷つくだけだった。

――けれど、それを悔いることも自分を責めることも今日で終わりだ。

柔らかく甘やかすような口づけと共に、拓かれた体の奥が疼き出す。

無意識に腰を上げれば、するりと両足を抱えるようにして持ち上げられて、熱く猛ったランフォードの性器が緩く後孔を突いた。

そんな些細な刺激に、体が待ちきれないというように跳ねる。

挿入は焦れったいほどゆっくりだった。

胎の内側を押し拡げられて、自分のものではない鼓動を直に感じると、勝手にシェインの心拍数も上がっていく。

口からこぼれるのは切れ切れの喘ぎにならない息だけで、声が出ていたらさぞかしだらしな

い嬌声を響かせていただろうと思う。

ぴったりと肌が重なり、奥の奥——これ以上無いほどに相手を受け入れると、ランフォードが荒い息を吐いた。その刺激に肌が粟立つ。しがみつくようにランフォードに回した両腕と両足が、無意識に更に力を込めていた。

とろ火で煮込まれた料理みたいだ、と思う。

ぐずぐずに崩れていて、あちこちが熱くて堪らない。

そんなシェインの様子を見ながら、ゆったりとした律動が起こる。

二度、三度。

揺さぶられた体はあっという間に極まって、軽い下腹の痙攣と共にシェインの下肢が自身の放った白濁で汚れた。

「シェイン——」

絶頂の余韻の中。呼ばれてうっすらと目を開けば、だらしなく開いた唇からこぼれた唾液を舐め取るようにランフォードが顔中に口づけを降らせた。それをぼんやりと受け止めていると、胎の中に埋められていた熱の変化を体が敏感に感じ取った。

狼獣人の射精は、他の種族と違って長い。

何度も経験をしているので、シェインはそれを当然知っている。相手を受け入れた浅いところに、楔のような瘤が出来る。段々と硬くなりながら、シェインの中の浅いところを圧迫する瘤に、ひくひくと体が跳ねて止まらない。

――今日は。

これから先の快感を知り尽くしている筈なのに、まるで初めての時のように体が強ばった。

――今日は、どうしよう、おかしくなる。

そんな混乱と羞恥を感じながら、胎の中で鼓動を速くするランフォードのそれを強く意識する。

「シェイン――」

呼びかけられたところで、体が跳ねた。

「愛してる」

そっと囁かれる言葉に、じんと体中が痺れて蕩けそうになる。

そして、どくどくと胎の中に広がっていく温かな感触に、溺れていく。

――気持ち、いい。

じっとりと汗ばんだ肌にランフォードの舌が這う。それに煽られるように後孔が収縮し、これ以上無いぐらいに受け入れた筈の相手を深くまで誘う。

――もう、変に、なる。

とろとろと内側から熱に侵食されていく。

気持ちが良い。

こんな風にランフォードと共にいられることが、嬉しくて嬉しくてどうしようもなくて。

「――シェイン？」

どうして泣く、と問いかける声に答えないまま、ランフォードの体に縋る腕に力を込めてシェインはぴったりと身を寄せた。

――ごめんなさい、おかあさん。

頭に浮かんだのは、扉に立って傷ついた水色の瞳でシェインを見る人のことだ。シェインが幸せにすることが出来なかった人。

その人に最後の謝罪をしながら、ランフォードの首筋に頬を寄せてシェインはぎゅっと目を瞑る。

――僕は、幸せになりました。

誰に謗られても責められても、目の前の相手がいてくれて、それを望んでくれるのならば。きっと、ずっと幸せなままだ。

長い吐精の終わり。

シェインの意識は既に快感と幸福感――それから安堵で疎らになっていた。蕩け切った菫色の瞳の目尻から涙を掬い取るように口づけて、ランフォードが優しく言った。

「後は私がやっておく」

相手の体温が離れていくのが嫌で――だけれど、体を動かすことは出来ずに尻尾が縋るようにランフォードに絡みつく。

それに少しだけ笑った伴侶はシェインの体を優しく抱き込んで、散々に熱を飲み込んだシェインの下腹を優しく撫でると囁いた。

「――おやすみ、シェイン」

その言葉と抱き込んでくれる腕の温かさに、とろりと意識が溶けていく。

――ロルヘルディが始まって以来、シェインは初めて夢を見ない穏やかな眠りに就いた。

＊＊＊＊

謁見の間に連れだって入ってきた弟夫妻を見て、国王のレンフォードは視線をランフォードに向けて、シェインに向け――再びランフォードを見やってから何かを諦めたように視線を天井に向けて言った。

「あー……、シェインの不眠は治ったのかな？」

そう訊く国王の手は、隣に控えていた第一王子の服の裾をしっかりと握っている。腰の引けたカークランドが青い顔をしながら父親に対して抗議した。

「父上っ、離してくださいっ」

そんな息子の言葉に、レンフォードは半眼になって告げる。

「――あのなぁ、これぐらいの匂いに慣れておかないと、この先の城での生活が不便になるぞ？　今の内に慣れておきなさい。ただでさえ、ランスの溺愛っぷりは私でも測れないんだからな？」

「ひぇッ」

いつか三つ子の弟たちが上げていたような悲鳴を、生真面目そうな長男が上げるのにシェインは少しだけ首を縮めた。

カテリーナと対峙した医務室の騒動から丸二日が経過している。

最低限の書類仕事だけ居城に持ち込んだランフォードは、甲斐甲斐しくシェインの世話を焼いてくれた。そのお陰で――何より、ランフォードの言葉によって自責の念から解き放たれたこともあって、ここ数日の睡眠不足を取り戻すようにシェインはよく眠った。ダルニエ医師が処方してくれた煎じ薬も効いたのだろう。ここ数日で、シェインの体調は一番良い。

おかげさまで。

ランフォードの手を借りながら、にこやかに告げるシェインに対して、レンフォードが何とも言えない顔をして言う。

「うん――君が、そんなランスで良いなら良いんだがね……。ランス、お前は本当に少しぐらい加減をした方が良いと思うんだがな……狼獣人に、この匂いが分かってなおシェインに手を出そうとする愚か者はいないからな？」

珍しく歯切れの悪い国王からの言葉に、きっぱりとランフォードは言った。

「加減が出来たら、とっくにしている」

「あー……、うん。そうかそうか。分かった、我々が見て見ぬ振りをしよう。うん」

「父上ッ！」

「本能を抑え込んだら、ランスの体調に支障が出るぞ。今より激しくシェインに執着したら、シェインは居城どころか部屋からも出して貰えなくなるだろう。さすがに弟が公然と伴侶を監禁するのはいただけないんだよ。大体、自分の義弟がそんなことをしたらノエラが怒り狂う。そうなったら、私とランスの兄弟仲が悪化する。自慢じゃないが、私も伴侶に目がないんだ」

カークランドの抗議の声を、レンフォードがそんな言葉で諭した。父の言葉に納得したのか諦めたのか、何とも言えない顔でがっくりと首を折った。

シェインが会話を飲み込めずに、問うようにランフォードを見上げれば、新緑色の瞳を細めた伴侶が三角耳に唇を寄せて言う。

「――匂いが、いつもより濃く移っている」

その言葉に、きょとんとしてからシェインは顔を赤くした。

狼獣人は総じて鼻が利く。ランフォードのように、感情まで読みとるような者はいないが――特に「番」に関しての匂いには敏感だ。肌を重ねた者がいれば、誰と肌を重ねたのかすぐに分かってしまうので、恋愛事情の大半は筒抜けだそうだ。もちろん、それを口に出して言うのは野暮なので、見て見ぬ振りをするのが礼儀になっているらしいが。

シェインとランフォードが「番」であることも、夫婦であることも公然のことである。寝室の寝具類の洗濯は、王城の使用人たちの厚意に甘えて任せているので、何をしているのかも一目瞭然だろう。

それは分かっているのだが、改めてそのことを突きつけられると、何とも言えない羞恥心が湧き上がってくる。

顔を赤くするシェインの旋毛に唇を落とすランフォードに、国王が咳払いをした。

「まぁ、二人の仲睦まじさは置いておいて――今日は我らがお客様の帰国記念日だ。明日の宴は楽しく過ごそうじゃないか」

そんなことを言う国王にランフォードが言う。

「――わざわざ今日まで謁見を引き延ばしたのは、なぜだ？」

「猶予かな。詫びを入れる動きでもあれば、まだ見直したんだが？」

「それだけじゃないだろう」

ランフォードの言葉に、深緑色の瞳を細めたレンフォードがにこりと口元だけで笑う。

「過ぎ去った日々だけは、どう足掻いても取り戻しようが無いからね。彼女には少しぐらい痛い目に遭って貰わないと」

人の悪い顔で笑う国王に溜息を吐きながら、ランフォードが謁見の間を見回した。ロルヘルディということもあって、最小限の人員しか並んでいない。

ランフォードが訊く。

「父上は来るのか？」

「まさか。母上との思い出に浸りに俗世に出て来たのに、望みもしない色目を使われて酷くご立腹だ。一応、来るかどうかは訊いてみたが——隠居の身だから政には関わらない、可能ならさっさと追い返せ、としか言われなかったよ」

「——そうだろうな」

兄の言葉に同意をして、ランフォードがシェインを用意されていた椅子へ導いた。そのまま隣り合って腰を下ろす。

出入りする宰相や使用人たちが、ぎょっとしたような顔でランフォードとシェインに目をやって、何か納得したような同情したような微妙な顔をするのに、そんなに濃い匂いがするのだろうかと不思議に思ってシェインは思わず自分の手首を鼻に近付ける。

そんなシェインの仕草に、ランフォードが微かに笑った。

「どうした、シェイン？」

におい、するかなとおもって。

シェインのそんな言葉にランフォードが笑って、シェインのこめかみに唇を寄せて言う。

「君の良い香りがする」

——シェインが知りたかったのは、ランフォードがシェインに付けた匂いなのだけれど。落とされた言葉が照れ臭くも嬉しくてシェインはそのまま口を閉じた。

首筋まで真っ赤にして照れているシェインと、それを新緑色の瞳で見つめる弟に、国王が思い切り溜息を吐いた。カークランドが居心地の悪そうな表情を隠さない。

そんなことをしている内に、ようやくカテリーナが謁見の間に向かっていると使用人が先触れにやって来た。

「さて——一仕事だ」

そう言いながらレンフォードが軽く姿勢を正せば、ランフォードもすっと真顔になった。ただ肘掛けに乗せたシェインの掌を包むように握ったままだが。

今日のカテリーナの衣装は、濃い紫色のもので金糸がたっぷりと使われていた。結い上げた髪型にも一分の隙も無い。化粧も相変わらず手を抜いた様子が無く、その支度のためにどれだけの時間をかけたのか——考えるだけで途方も無い。

「お呼び立てとお聞きして、参上いたしましたわ。国王陛下」

スカートの裾をつまんで礼をしてから、にこりと笑ってカテリーナが言った。

「わたくしだけでなく、わたくしの供の者たちまで揃ってのお呼び立てということで——何事でしょう？」

謁見の間に足を踏み入れたのはカテリーナ一人だけだが、廊下にはカテリーナの言葉通りにその従者たちが控えている。微かなざわめきと人の気配がする。好奇心に満ちた瞳で謁見の間をのぞき込む不躾な視線もいくつかあった。

問いにレンフォードが笑顔のまま言った。

「いや？　どうやらアンデロの使者殿は、和平の話し合いよりも、私の父に色目を使ったり弟の伴侶を侮辱することに重きを置いているらしいからな——そんな国とは和平を結ぶ余地は無い。無理に交流を持てば、互いに不幸になるだけだ。だから、どうか親書を持ってそのままお帰りいただこうと思って――その呼び出しだ」

飄々としたレンフォードの申し渡しに、廊下に控えていた狐獣人たちから大きなどよめきが起こった。

親書の箱は閉じられたままだ。使者が箱をそのまま持ち帰れば、相手の王にその箱を開かせることすら出来なかったという無能さを、自ら晒け出すようなものだ。

カテリーナは瑠璃色の目を瞠って、それから溜息を吐いた。

「――わたくしの行動が誤解を招いてしまいましたのね。謹んでお詫び申し上げますわ」

国王がそれに笑顔で答えた。

「誤解？　私の話し合いの申し出は悉く断っておいて、父に尋常じゃない手紙を送りつけて、体調の優れない弟の伴侶のところへ押し掛ける暇はあったのだろう？　何が誤解だろう？」

「お父上へのお手紙についてはお詫び申し上げますわ――伴侶に先立たれた独り身の寂しさを分かってくれる殿方が欲しくて――つい、我を忘れてしまいましたの。年甲斐も無く、お恥ずかしい」

シェインの手に重ねられたランフォードの掌が微かに力を強める。

――これも、嘘なのか。

こんなに息を吐くように嘘を吐いていて、頭がこんがらがらないだろうか。そう不思議に思いながら見つめていると、カテリーナの瑠璃色の瞳が鋭くシェインを睨んだ。

あまりの敵意に驚いて瞬きをする。シェインの反応を微かに鼻で笑ってから、カテリーナは言った。

「恐れながら――申し上げますわ、陛下。わたくしがシェイン様にお声をかけたのは、決して嫌がらせなどをするためではありません」

シェインの隣に座るランフォードが、その言葉に目を眇める。はっきりと伝わってくる怒気に、はらはらとシェインはランフォードの手を握り返す。

そんな弟夫妻のやり取りを視界の端に入れながら、レンフォードが先を促すように言う。

「――ほぉ？　嫌がらせでないとしたら、一体なんだと？」

それにカテリーナがまるで心底苦悩しているかのような表情で言う。

「国王陛下。こちらの国では、伴侶は生涯一人きりなのでございましょう？」

「そうだな。基本的にはそのようになっている」

「では――他の者と生涯を共にする約束をしながら、更に別の者と婚姻を結んだ者は、どのような扱いになるのでしょう？」

「もちろん、軽蔑される。事と次第によっては離縁されても文句は言えまい」

「ああ――やっぱりそうでしたのね」

大仰に嘆きながら、さも痛ましそうにカテリーナが両手を胸の前で捏ねくり回す。

「出来るなら、わたくしの胸だけに収めておこうと思いましたのに――こうして陛下に直接訊ねられた以上、わたくしもシェイン様をこれ以上庇い立てすることは出来ませんわ」

「……些か話が回りくどいな、アンデロの使者殿？」

簡潔に言えと言外に急かすレンフォードの言葉に、カテリーナが頭を下げて言った。

「そこまで言われるのでしたら、申し上げます。ヴェルニルの末王子、シェイン様には王弟殿下のランフォード様以外に、一生を誓った者がおります。その方との駆け落ちに失敗して、ウェロンに嫁いで何食わぬ顔で殿下の寵愛を独占していらっしゃるのですわ。——このような悪事が、許されるでしょうか？」


カテリーナの言葉に、謁見の間に沈黙が落ちた。


カテリーナが、勝ち誇ったような意地の悪い顔でシェインを一瞥する。

シェインと言えば——思いもかけない言葉に、きょとんとするしかない。

ランフォードはその言葉に何も感じるところが無かったようで、真顔のままカテリーナを睥睨している。

謁見の間にいる者たちは、ちらりとランフォードとシェインに視線をやり、それから呆れた様子で使者の言葉に失笑をこぼした。カークランドが何とも言えない表情で沈黙し、宰相が誤魔化すように咳払いをする。

見るからにやる気の無い態度でレンフォードが言った。

「——ほぉ。私の義弟に、弟以外に将来を誓った仲の相手がいたと？」

棒読みに近い、雑な口調だった。

どうやらレンフォードにとっては予想していた通り、というか予想そのもので肩透かしだったのだろう。

その反応はカテリーナが期待していたものではなかったようだ。不貞を糾弾した筈の自分がどうして冷ややかに見られなければならないのか、というように憤慨した調子で言う。

「わたくしは親切で、このことを口にしているのですよ！　他に生涯を誓い合った相手がいるような者は、この国の王弟妃の地位に相応しくないでしょう？」

「まぁ――そうだな。本当にそうだとしたら、その通りだが」

最初は雑に突き放すような口調だったレンフォードが、面白がるような調子で相槌を打った。

そんな父親の様子に、息子が悪趣味だと言わんばかりに眉を寄せる。

ランフォードは、ただ軽蔑した顔でカテリーナを見つめるだけだった。

「もちろん、この場でそんなことを口にするということは――それなりの証拠があるんだろうな、使者殿？　まさか、ヴェルニルの末王子にして我が国の王弟妃を、証拠も無しに責め立てるような真似は出来ないだろう？」

「当然ですわ、陛下」

レンフォードの言葉に、勝利を確信しているのか余裕たっぷりにカテリーナが頷いた。

「わたくしの連れに証人がおりますの。その者は王弟妃から、特別にヴェルニルの王家の紋章が入った指輪を授けられておりますの。今、この場に招き入れることを許していただけるなら――王弟妃の体にある黒子の位置まで言い当てられますわ」

「その者の身元は確かなのかな？」

「勘当されておりますが、元はヴェルニルの貴族の息子です」

「それはそれは――ちなみに、その者の名は？」

「スコッツ・ロールダールと言います」

シェインは瞬きをした。

それはよく知っている名前だった。

シェインがかつて働いていた公爵邸の公爵夫妻の末息子だ。使用人に対する態度が横柄で、頗る評判が悪かった――シェインをヴェルニルの末王子に仕立て上げるために、公爵邸から攫って馬車に放り込んだ張本人だ。

そこでシェインは合点がいった。

マレーナの蝶。

そんな名前と共に見せつけられた、あの煌びやかな装飾品を「シェイン王子」に贈ったという人は――スコッツ・ロールダールだったということだ。

公爵家でかなり甘やかされて育った彼に、公爵夫妻は多額のお小遣いを渡していた筈だ。ならば、あれほど豪華な装飾品を恋人に贈っていても不思議は無い。

「ほぉ――」

レンフォードが目を細める。

それまでカテリーナの言葉に無反応を貫いていたランフォードが、微かに身を強ばらせた。

そんな弟に一瞥をくれてから、レンフォードが取り繕った笑顔で言う。

「そこまで言うなら、ぜひその者に会わせて貰おうか？　この場で嘘偽りなく証言することを誓った上で、その話を聞かせて貰いたい」

「ええ、もちろん。──スコッツ！」

自分の従者たちを振り返ってカテリーナが名前を声高に呼ぶ。

姿を現したのは、ロールダール家の血筋を引く者特有の三角耳の先端だけが茶色で他はクリーム色をした男だった。そばかすの散った顔は相変わらずだが、以前に漂わせていた幼稚な傲慢さが消えて、荒んだ狡賢い雰囲気が見て取れる。

──嫌だな。

思わず眉を寄せるシェインの横で、ランフォードが新緑色の瞳で相手を凝視している。

礼を取って王の前に姿を現したスコッツは、酒に焼けたようながらがらの声で名乗った。

「スコッツ・ロールダールです」

ちらりと弟夫妻に視線をやってから、レンフォードが言う。

「シェインと将来を誓い合っていたと？」

その言葉に堰を切ったようにスコッツが大声で語り始めた。

「そうです、国王陛下！　俺とシェインは将来を誓い合っていました！　そもそも、シェインはウェロンに嫁ぎたくなどなかったのです！　だから、俺は言われるままに全てを捨ててベルクムーサに駆け落ちしました！　それなのに、その道中で家の者に捕まって、引き離されて──

──ッ！　挙げ句に、俺は公爵家を勘当されたというのに、本人はのうのうと王弟妃の座に収まっているんです！　果たしてそんなことが許されますか!!」

話している内に、だんだんと感情が高ぶって来たらしい。口から泡を飛ばさんばかりの剣幕で、事実を告げるというより感情的にスコッツが喚き立てる。

怒り狂う様子が尋常では無い。

宰相が眉を顰めて、カークランドは軽蔑したような顔をした。

レンフォードは頬杖を突きながらスコッツの主張に耳を傾け、肩で息をしてようやく口汚く「シェイン王子」を罵る言葉を収めたスコッツに声をかけた。

「なるほど──シェイン王子のために駆け落ちまでした挙げ句に勘当されて、その後は？」

「北の前線に向かいました。兵として勤務をしていましたが、兵暮らしに馴染めずにいたところを、カテリーナ……いや、公爵に拾われたのです。それからはアンデロのカテリー……いや、公爵の屋敷で世話になっていました」

親しさを通り越して馴れ馴れしく公爵の名を呼び捨てにしては言い直すスコッツの様子に、謁見の間にいる者たちが眉を顰めた。「シェイン王子」の不貞を暴くと息巻くスコッツの激昂に反比例して、どんどん空気は冷ややかになっていく。

頬杖を突く手を替えながら、レンフォードが言う。

「──スコッツ殿。アンデロがヴェルニルに一方的に宣戦布告をしたことは、貴殿も貴族の端くれならば重々承知していただろう？　それなのに、アンデロの国の貴族に世話になるとはどういう了見だ？」

貴族のやることではない、とスコッツの行動を批判するレンフォードの言葉に憤ったようで、そばかすの散った顔を赤黒くしながらスコッツが言う。

「俺は裏切られたのです！ 祖国にも、家族にも、恋人にも！ それを救ってくれたのは、他ならぬカテリーナです!! それに、あの侵略戦争を仕掛けてきたのはアンデロの先王であって、カテリーナではありません！」

もはや、カテリーナのことを公爵と呼ぶ分別すら失っている。血走った目で言い募るスコッツに、レンフォードが哀れみに近い表情を浮かべながら言った。

「――それで？ シェイン王子から贈られたという、ヴェルニルの王家の紋章が入った指輪というのを――見せて貰おうか？」

「もちろんです！」

そう言いながら、スコッツが胸元から指輪を取り出す。

その間もスコッツの口からは「シェイン王子」を罵る言葉が迸って止まらない。色魔に淫売――その他、聞くに堪えない言葉が溢れ出て止まらない様に、ウェロン王国の者たちはあからさまにげんなりとした表情を浮かべる。

宰相が前に進み出て証拠の品だという指輪を受け取ると、それを国王の手元に運んだ。

しげしげとそれを見つめて光に翳しながら、レンフォードが言った。

「ところで――スコッツ殿。君が先ほどから口汚く罵っているのは、私の弟の伴侶であるということで間違いないんだな？」

「もちろんです！　俺が贈った『マレーナの蝶』という一品は、シェインに言われるがままに金を出して作ったものです！　あれを見て、俺を思い出していない筈がありません！」

「そして——貴殿は、シェイン王子の体にある黒子の数まで言えると、そう言うんだな？」

「当然です！　俺を疑うのですかッ!?」

「疑うというより——君は少し冷静になることを覚えた方が良いんじゃないかな。ここに足を踏み入れてから、君は一度でも私の弟の伴侶の顔をきちんと見たか？　私に『シェイン王子』の罪を申し立てるのに熱心で、その本人に視線をやりもしていないと思うが？」

指輪を手の中で転がしながら言う王の言葉に、首が折れそうな勢いで振り向いて王弟夫婦の席をスコッツが睨みつけた。

険しい顔のランフォードの隣にいる、黒髪の黒猫獣人に向けて罵声を浴びせかけようとした唇が——そのまま呆気に取られたように開く。

シェインの菫色の瞳をぽかんと見て、スコッツが言った。

「——誰だ？」

スコッツの口から放たれた言葉に、沈黙が謁見の間を満たした。

顔色を変えたのはカテリーナだ。

スコッツの肩を摑むと、物凄い剣幕で言う。

「誰だ、ですって？　何を言っているの、あなたは!?　あなたを捨てたシェイン王子に決まっているでしょう!?」

「は――？　あれが――？」

カテリーナに揺さぶられながら、スコッツが呆然と言う。

シェインを誘拐までして身代わりに仕立てたというのに、その身代わりの顔すら覚えていなかったらしい。

公爵邸の使用人、と名指しされなかったことに安堵しながら、本当に使用人を路傍の石ぐらいにしか思っていないスコッツの傲慢さを改めて感じる。故郷にいるシェインの「家族たち」が、この相手に振り回されることが二度と無いことに、ほっと溜息がこぼれた。

そんなシェインとは対照的にランフォードが低い――シェインにしか聞こえない声で呟く。

「……覚えていないのか」

その声には紛れもなく怒りがこもっていて、思わずシェインはランフォードを見上げた。冷ややかな新緑色の瞳の底に、怒りが渦巻いているのが分かる。心配になってランフォードの手を握ったのと同時に、国王が手の中の指輪を転がしながら言った。

「スコッツ殿。そこに座っているのが私の弟の伴侶で、ヴェルニルの末王子のシェインだが？　君が先ほどまで口汚く罵っていた淫売な色魔は、本当にそこにいる私の義弟のことか？」

「は――？　あ――いや――」

「スコッツ！」

煮え切らないスコッツの言葉に痺れを切らしたようにカテリーナが金切り声を上げる。

「あなたはシェイン王子と褥を共にして、将来まで誓い合って駆け落ちしたんでしょう！　それが失敗したから公爵家から勘当されたのではないの!?」

「それは——そう、だが——」

「あなたの人生を滅茶苦茶にした王子に、一矢報いてやると言っていたじゃないの！　何を躊躇しているの!?」

「いや、しかし——あれは——」

カテリーナから感情的に責め立てられて、スコッツは明らかに混乱して狼狽していた。

それはそうだろう。

スコッツが記憶していた「シェイン王子」とは全くの別人が「シェイン王子」として座っているのだから。

この場をどう収めるつもりなのか、とハラハラするシェインに対して、掌の中の指輪を転がしながら王が何でも無い様子で言う。

「君が何を言おうと、どう言おうと——ここにいるのがヴェルニルの末王子にして、今は私の弟の伴侶のシェイン・フェイ・ルアーノだ。半年前の結婚式に列席したヴェルニルの国王が証人だ。なんなら、あちらの国に問い合わせてみようか？」

レンフォードは冷ややかにスコッツを見た。

「君の言うシェイン王子が、黒髪黒眼の猫獣人だというのなら——それは詐欺師だよ」

「詐欺——？」

「詐欺師ですって？」

スコッツとカテリーナの声が重なる。

レンフォードがうんざりとした口調で言った。

「詐欺師半分、病人半分というところかな。偶々末王子と名前が同じことから、自分をヴェルニルの末王子と思いこむようになったらしい。ちょうどシェインがこちらの国に来た時に、上手く使者の一団に紛れて、既に弟の伴侶になっていたシェインに危害を加えてね。弟は首を刎ねようとしたんだが——シェインが情けをかけて、ヴェルニルに送り返したんだ。その後に、末王子の名前を騙って様々な貴族たちと関係を持っていたことも分かってね。最初は病人として王城の塔に幽閉されていたのだが、今は詐欺の罪も加わって離島の監獄に所在を移しているらしい。——君が駆け落ちした『シェイン王子』というのは、その詐欺師ではないのかい？」

スコッツが目を見開いて固まっている。

その横で険しい顔をしながら口を開いたのはカテリーナだった。

「では——その指輪はなんですの？　確かにヴェルニルの王家の紋章が刻まれているではありませんか！」

「偽物か盗品かな。真偽はヴェルニルの国王に問うとするが——アンデロの使者殿」

冷え切った声でレンフォードが深緑色の瞳をカテリーナに向ける。

「これしきの貧弱な証拠と証人で、我が国の王弟妃を散々に侮辱して横暴に振る舞うとは——大した頭の持ち主だな。貴殿は」

その言葉にカテリーナの顔から血の気が引いた。

いつもはすぐに回り出す口も、動きを止めている。

冷ややかな王の迫力が尋常で無いこともあってだろう。

「国王陛下——わたくしは、ウェロンのためを思って——」

「我が国に関係の無い貴殿が心配するより、遥かに私と私の家臣の方がこの国を思っている。余計な心配をした挙げ句に、こんな騒動を起こしておいて——どう責任を取るつもりかな、貴殿は？」

畳みかける王の言葉に、真っ青な顔でカテリーナは平伏するように頭を下げた。

引き連れてきた狐獣人たちのざわめきで煩かった廊下が、今は水を打ったように静まりかえっている。

「そもそも、貴殿は使者の役割を何だと心得ていた？　仮にシェインに昔恋人がいたところで、今は紛れもなく我が国の王弟妃だ。過去についての虚偽の申告は感心出来ないが、ありもしない過去を捏造するのはもっと感心出来ない。下手をしたら我が国とヴェルニルの関係に罅が入るだけだ。それとも、そちらが目的だったのかな？　決して和平の使者がする振る舞いとは思えないが？」

「そんな——そんなつもりは——」

喘ぐようにカテリーナが言う。

「そんなつもりではなかった、が通じるほど外交は甘いものでは無いんだよ。カテリーナ・イル・クロフ・シェルド公爵。貴殿の使者としての能力は疑わしい。貴殿の振る舞いからして、我が国はアンデロを信用出来ない。未開封の箱を持って、異母弟である新王の下へ帰るが良い。必要な使いはこちらから出そう——今回の無礼をどう償う気なのか、アンデロの新王陛下に訊ねなければならない」

瑠璃色の瞳を見開いてカテリーナが固まる。

完璧に結い上げていた髪型が、幾筋かほつれていた。

「陛下——どうか」

懇願の言葉をカテリーナが言い終えるよりも先に、レンフォードが掌を打った。

「——は？」

「ああ、違うな。貴殿はもう公爵では無かった。呼びかけを間違えてしまった、申し訳ない」

何気ない様子で国王が放った言葉に、カテリーナが怪訝な顔をした。

「なんの話ですの、それは——」

「おや？　昨日を以て、貴殿の爵位は廃された筈だろう」

「は？」

瑠璃色の瞳がつり上がって、みるみる見開かれる。鬼気迫る様子のカテリーナを相手にしながら、レンフォードは少しも動じたところがない。

「父と弟の争いを止めることが出来なかった責任を取って、爵位と資産を返上し僧院へ入るのだろう？　使者としての能力はともかく、麗しい姉弟愛だ。そこに関しては感心するな」

「陛下――それは何かの間違いではございませんか？　わたくし、そのようなことを異母弟に申したことはありませんわ？」

「そちらの国のやり取りまでは知らないが、異母弟が何かしら誤解をしているのかも知れないな？　なら、早く帰って誤解を解いた方が良い。本人からの異議も無く、他の貴族たちからも反対が無く、シェルド公爵を廃することは会議で決定されたらしい。領地と資産は、先の内乱で新王の味方に付いた者たちに分配されると聞いたが――今から戻ったところでウェロンからアンデロの距離では、間に合わないかも知れないなぁ」

暢気な素振りで呟くレンフォードに対して、顔から血の気が引いたカテリーナが最低限の礼も取らずに踵を返した。

歯を食いしばって目を見開いているその様子は、尋常ではない。

脱兎の勢いで謁見の間を飛び出していくカテリーナを追って、狐獣人の従者たちも一斉に駆けていく。

突然、身分と富を剥奪された自身に対する狂乱の悲鳴が微かに聞こえる中で、国王が溜息を吐いて宰相に言う。

「今日中にアンデロからの使者一行を王城から追い出してくれ。荷造りも手伝ってやると良い。――異母姉の財産をかすめ取るための餌に使われたことへのあちらの国への落とし前をつけるのは、ロルヘルディが終わった後だ」

「承知しました」

そんな言葉と共に、宰相が姿を消す。

謁見の間の中央に取り残されたのは、スコッツだった。

カテリーナが自分を置き去りにしたことが信じられないような顔をして、呆然と佇んでいる。

そんな猫獣人に対して、レンフォードはにこやかに言った。

「スコッツ・ロールダール。貴殿の身柄は、しばらく我が国で預かろう。詐欺の被害者だろうと――正体もロクに確認せずに我が国の王弟妃を口汚く罵った罪は消えないぞ？　しばらく、牢で頭を冷やして行くと良い」

その言葉に呆然としたスコッツは、喚くように言った。

「俺、俺は――ただ、騙されていただけで！」

「理由はどうあれ、公爵家の一員ともあろう者が王子との駆け落ちを企てたのが問題だ。ヴェルニルの王が末王子をこちらに嫁がせたいと言ったのは、アンデロの侵攻を食い止めた我が国に対する礼だよ。それを台無しにして、貴殿はどうやって責任を取るつもりだったんだ？　自慢じゃないが、私の弟は国一番の優秀な騎士だ。それを侮辱しておいて、我が国の民が黙っているとでも？　戦の引き金を引きたかったのか？」

畳みかけられる言葉に、そんな大事を想定していなかったのだろう――スコッツは呆然と目を見開いて固まった。年齢にそぐわない妙に幼稚な雰囲気を醸し出している。

「君の年齢は知らないが、君よりうちの息子の方が遥かに大人だよ。君が勘当されたのは、その愚かさに気付くことなく、私情で突っ走る短慮故だ。――ヴェルニルに帰っても、恐らく牢暮らしだろう。そこで君の『シェイン王子』と仲良く暮らすが良い。ヴェルニルの国王へは口添えしておこう」

「あ、ま、待ってください――陛下――ッ」

悲鳴のような声を上げスコッツが狼狽する。

それを冷ややかに見ながらレンフォードが指を鳴らした。途端に、兵が駆け寄ってスコッツの両脇を固めると謁見の間から引きずり出していく。

かつての主人の無惨な姿に、シェインは眉を下げた。

横柄で使用人たちから嫌われていたが、末っ子ということもあって公爵夫妻の愛情をたっぷり受けて育ったはずの人だ。

それなのに、どうしてあんな風に曲がってしまったのか――理解が出来ない。

たとえ自分の下から想った相手が離れてしまっても、その幸せを願うのが愛というものではないだろうか。

それなのに、わざわざ相手の幸せを粉々にするために足を運んで、それに意欲を燃やすなんて――その感情が、シェインにはよく分からない。

なんだか気分が暗くなる。

溜息を吐いたところで、ランフォードがシェインを引き寄せて、そのこめかみに口づけた。

「──君が知らなくて良い感情だ、それは」

相変わらず考えていることが筒抜けで、シェインは瞬きをしてから頷いた。

ただ、もしも──。

ランフォードと離れてしまうようなことがあったら、せめてその幸せを願える自分でいたいとは思う。そんなシェインの感情を読みとったらしく、ランフォードがシェインを膝の上に抱え上げて、口づけを額に落とした。

カークランドは初めて見る外交上の修羅場に疲れ切った顔をして息を吐く。

玉座に座ったまま、だらしなく両腕を伸ばしたレンフォードが、静まり返った謁見の間を見渡して満足そうに笑って言った。

「さぁ──明日はロルヘルディの最終日だ。厄介な客人たちは去った。宴を楽しもうじゃないか、諸君」

終章

スコッツ・ロールダールは、どうしてこんなことになったのか分からないまま——呆然と牢の壁を見つめていた。

冷え冷えとした石牢に、頑丈な鉄の扉が塡められている。

元貴族という立場を一切考慮しない扱いに憤慨したのは最初の内だけで、のし掛かってきた「罪人」という文字が恐ろしくなって来て頭を抱えた。

たった一年で、どうしてこんなに人生が変わってしまったのか——理解出来ない。

全ての発端は社交界で、色恋の噂が絶えない黒猫獣人と出会ってからだった。

挑発的な黒曜石のような瞳も、他人を魅了する蠱惑的な笑顔も、何もかもが魅力的で、誰のものにもなろうとしない自由気儘なその態度にスコッツはのぼせ上がって夢中になった。

そんな相手が珍しく弱々しく涙をこぼしながら、スコッツしか頼れる人がいないと縋ってきた時は、天にも昇る気持ちだった。替え玉を用意し、人を雇い、ベルクムーサまでの道のりをひた走っていた時に、ロールダール公爵家の者たちに捕まり、あえなく引き離されてから人生は悪い方へ悪い方へと流れていった。

スコッツは生まれて初めて両親から激怒された。

頭ごなしに怒鳴りつけられ罵倒され、スコッツの言い分は一言も通らないまま、殆ど身一つで家を放り出されて勘当された。

既に独立した兄たちに頼ろうとしたものの、どこの家でも門前払いを喰らい、遊び仲間たちからは「不審者」として扱われ——王都に居場所を見出せず、日雇いである程度の金が稼げる前線の兵に志願するしか道は無かった。

慣れない兵暮らしに、スコッツはすぐに音を上げた。

少ない手持ちの金で酒を飲んでいる時に、賑やかに王都からの知らせが届いて目の前が真っ白になった。

——末王子のシェイン様が、ウェロンの騎士ランフォード様と結婚式を挙げるそうだ！

めでたい知らせに歓喜に満ちた酒場の中で、スコッツの胸に浮かんだのは憤怒だった。

あれほど泣いて縋って狼獣人になど身を預けたくないと口にしていたくせに。

こんな寒くて金もない惨めな思いをしているスコッツとは真逆に、狼獣人の王族を誑し込んで、あの王子が優雅に暮らしていると考えただけで頭が真っ白になった。

畜生、畜生、畜生。

どうして俺だけが、こんな目に。

手持ちの金を使い果たすほど酒を飲んで泥酔し、散々に末王子の痴態や乱行を口汚く喚き散らしたスコッツは、酒場からつまみ出されて、どこかの路地裏で呪詛の言葉を吐き散らしていた。

そこに現れたのが――カテリーナの手の者だった。

「シェイン王子との関係を証明出来るものはあるかしら？」

日雇いで稼げる金よりよっぽど多い報酬につられて、つい先日まで敵国だったアンデロの地を踏んだスコッツの目の前に現れたのは、金色の髪をした魅力的な狐獣人の公爵だった。しなやかな黒猫獣人の王子の体も魅力的だったが、豊満で経験豊富な狐獣人の公爵の手管に、あっという間にスコッツは落ちた。

ぼろぼろに地に落ちたスコッツの自尊心を慰めるように、カテリーナは魅惑的な言葉ばかりを耳に吹き込んだ。

「あなたをこんな目に遭わせた王子が、ウェロンで幸せにしているなんて許されるわけないわ。わたくしと一緒に復讐してやりましょう？」

瑠璃色の勝ち気な瞳に言われるがままに、スコッツはカテリーナと共にウェロンの王城へと向かった。

猫獣人である自分の姿を見せる訳にはいかないと、ウェロンの王城での暮らしは部屋の中に籠もりきりだったが、夜はカテリーナと体を重ね、ヴェルニルの末王子が惨めに城から追い出される姿を想像しただけで、気分は常に高揚していた。

それなのに――。

王弟にして高名な騎士である狼獣人の隣に座る黒猫獣人は――まるで、野生の草花のように素朴で飾り気が無かった。

間違ってもスコッツが愛した「シェイン王子」では無い。

黒薔薇と称されるような、毒のある享楽的な雰囲気こそがあの王子の魅力だったのだ。何もかも、自分が知る「シェイン王子」とはかけ離れていて頭が真っ白になった。

そうしている内に、頼みの綱だったカテリーナは血相を変えて、自分を置き去りにして狐獣人の従者たちと一緒に去ってしまった。

自分が「シェイン王子」を騙る詐欺師に塡められたのを知りながら、罰を与えるというウェロンの国王の措置はあまりにも理不尽が過ぎる。

苛立ちながら粗末な食事を腹に収めて、スコッツは考える。

このまま国に帰されれば、もちろん両親のところへ連絡がいくだろう。勘当されたとはいえ、血を分けた実の親子だ。何より、末子のスコッツは兄弟たちの中で一等可愛がられていた。

――自分が詐欺の被害にあっていたと知れば、両親も同情して勘当を解いてくれるかも知れない。

自分を王子と思いこむような、半ば病気の詐欺師と共に牢獄に押し込まれるなど御免だ。なんとか自分が被害者だと分かって貰おうと必死に言い分を考えていたところで――牢の外から足音が聞こえた。

つかつか、と規則的で硬質な足音がぴたりと鉄の扉の前で止まる。

ぞっとしてスコッツは狭い牢の中で飛び退いた。

扉の外に、誰かがいる。

そして、それが不穏な雰囲気を醸し出している。

異様な何かを感じて助けを求めるように周囲を見回したところで、牢の中には武器になるようなものがある筈も無い。蠟燭が一つだけ、頼りなく牢の中を照らしているだけだ。

慌てている間に、鉄の扉が静かに開いた。


立っていたのは、銀髪の狼獣人だった。


新緑色の冷たい瞳がスコッツを一瞥する。蠟燭の灯りの下でも、それが誰かはすぐに分かった。

謁見の間で王弟の席に座っていた——騎士ランフォード・フェイ・ルアーノだ。あの時は素顔を晒していたのに、今は噂の通り——革の防具で顔の下半分を覆っている。

思わぬ相手の登場に言葉を無くしていると、王弟は冷え冷えとした静かな口調で言った。

「——私の『番』に見覚えが無いというのは、本当か?」

冷ややかな問いに、スコッツは必死になって頷いた。

王弟の隣に座っていた黒猫獣人のことを、スコッツは見た覚えなどまるで無かった。端整な顔をしている王弟が、婚姻の約定があったとはいえ、わざわざ伴侶にするには地味な相手だ。そんな感想を胸に抱けば、まるでスコッツの考えを読んだように、相手からの殺気が増した。

ひっ、と喉だけで言って、スコッツは壁に張り付く。

「もう一度訊く」

静かな声には怒気が籠もっていた。

「本当に、私の『番』に見覚えが無いんだな？」

どうして相手がこんなにも怒り狂っているのか分からない。スコッツは必死になって頷いて、なんとか声を絞り出すようにして言った。

「お、俺は騙されただけで――本物のシェイン様とは、何の関係も――ッ」

己の無実を主張するスコッツの言葉は、途中までしか言えなかった。

新緑色の瞳が、カッと見開かれる。そのまま、腰に下げられていた剣が目にも留まらぬ速さで抜かれて、ひゅっと風を切った。

首が、飛んだ。

――死んだ。

　スコッツは確かに、そう思った。

　相手の剣が鞘に収まったのを見て、スコッツは思わず己の首に手を当てた。じくじくとした痛みがする。手を見れば微かに血が付いていた。

　悲鳴を上げそうになったところで、相手からの静かな声にそれは遮られた。

「二度と、その名前を口にするな」

　新緑色の瞳が、容赦なくスコッツを貫く。

　がくがくと頷くスコッツを、相手は冷たく一瞥して踵を返した。

「二度と、私と私の『番』の前に現れるな」

　その言葉と共に、鉄の扉が閉まる。

　足が、膝が、体が震えて立っていられない。寒くもないのに、ずっと震えたままスコッツは床にへたり込んだ。

＊＊＊＊

　首の薄皮一枚をほんの少し切っただけなのに、鉄の錆びた臭いが酷い。

　丁寧に剣に付いていた血を拭い、鞘に納めたところでランフォードは舌打ちをする。

　――ロルヘルディの期間に、殺生は厳禁だぞ。

　元ロールダール公爵家の末子の処分を決めた後、シェインと部屋に引き揚げる前にそんな忠告をした兄を思い出す。

シェインの前では努めて冷静に振る舞っていたが、ランフォードが内心で怒り狂っていたことを兄はしっかりと見抜いていたようだった。

つくづくレンフォードが兄で良かったと思う。

そして、王妃と早々に出会ってくれて、祖国の平和のためにその能力を存分に振るってくれていて幸いだった。

爵位と資産が取り上げられると知れば、アンデロの使者であるカテリーナは一も二も無く、ウェロンを飛び出して行くだろう。それをわざわざ決定的に爵位を取り上げられる日を待ってから、さも公然の事実のように知らせてやるのだから——相手に対して絶望を与えるために機が熟すのを待てる辛抱強さに、薄ら寒くなる。

そう思いながらランフォードは舌打ちをした。

浮かんだのは恐怖に怯えていたスコッツ・ロールダールの顔だった。

己の保身しか考えていない、身勝手な感情が牢の中に充満していた。自責の念は欠片もない。

自分本位な苦悩しか持たない者の匂い。

何よりランフォードの逆鱗に触れたのは、我が儘な王子の言い分を受けて用意した身代わりの顔を、スコッツが欠片も覚えていないことだった。

——あの時、どれほどシェインが辛く悲しい思いをしたか。

ヴェルニルから着いた馬車の扉を開いた時に見た、濡れた菫色の瞳をランフォードは忘れていない。たぶん、一生忘れることは無いだろう。

自分のために他人を犠牲にしてそれを忘れておいて、ただ己の不幸を嘆く醜悪さに——吐き気がした。

大股にランフォードは居城へと向かう。

ひっそりと静まりかえった夜の中。

あるのは自分の気配だけだ。

ロルヘルディが始まってから、夢見の悪かった伴侶は、いつもの営みの後にすとんと眠りに落ちた。丁寧に寝台の後始末をして、その眠りが深いことを確認してから、ランフォードは居城をそっと抜け出してきたのだ。

狐獣人の一行が去ってしまえば、兄はおろか——父にまで窘められるほど強力に匂いづけをしたシェインに手を出す者など一人もいない。

それは分かっていたが、勝手にランフォードの歩みは速くなる。


——澄んだあの匂いが近くに無いと、息が詰まる気がする。

ランフォードの伴侶ほど、他人に対して怒ることが苦手な者もいないだろう。自分を身代わりに仕立てた元主人を前にして、シェインが見せたのはどちらかと言えば不思議なものを見るような——哀れみを帯びた複雑な感情だった。

憐憫など抱く必要も無いというのに。

それはロルヘルディが始まってから続く悪夢に対しても同じことだった。魘されて涙しながら起きるシェインが漂わせていたのは、悲しみと後悔と自責の念ばかりで——こちらがどうにかなってしまいそうだった。

本来なら守られるべき幼子が、その保護者を守れなかったと嘆くなど——あり得ないことだ。何度も途切れ途切れになりながら、シェインが掌に紡いだ文字を思い出して、ランフォードは溜息をこぼしそうになる。

正直、シェインの母親が亡くなっていたとしても、ランフォードには自業自得だという感想しか浮かばない。

自分の子に——何よりシェインに対して、酷い仕打ちをしておいて、のうのうと楽しく遊び暮らしている方がランフォードにとっては耐え難いし、許し難い。

けれど、シェインの考えは違うらしい。

自分を捨てた母親の幸せなんて、願わなくても良いというのに。

傷つけられたのだから、傷つけて良いという法は無い。仕返しや復讐が愚かな争いの火種になるのは百も承知だ。けれど、人というのは傷つけられた分だけ相手に傷を負わせたいと思う心を持っている。その心までを咎めることは出来ない。

それなのに、ランフォードの「番」と来たら——。

あまりにも優しすぎて、どうすればその柔らかい心を守れるのか分からなくて、ランフォードは時折、途方に暮れる。

やさしい、という言葉はやはり自分にはそぐわないと思う。

ランフォードはただ、自分の「番」を慈しんで守りたいだけなのだ。だから所詮、ランフォードの行動は我が儘で自己満足でしか無い。それらを優しさとシェインが受け止めてくれるから許されているだけだ。

居城に戻り、顔を覆う防具を外すと、肩から自然と力が抜ける。

そのまま寝室に足を向けて――ランフォードは微かな違和感に眉を寄せた。

――何か、いる。

ぞわりと肌が粟立った。

嗅覚は異物の匂いを拾わない。居城の中を満たしているのは、伴侶と己の香りだけだ。けれど、訓練や戦場で研ぎ澄まされて来た本能を司る部分がびりびりと反応している。

何か、いる。

招かれざる者が、いる。

確信をしたのと同時に、ランフォードは床を蹴って寝室に飛び込んだ。

広い寝台の真ん中で、体を丸めるようにしてシェインが眠っている。

穏やかな眠り。

それを感じ取りながら、ランフォードは寝室の入り口で棒立ちになった。

寝台の脇――。

そこにはシェインによく似た面立ちの、猫獣人の女が立っていた。

お世辞にも裕福とは言い難い身形をした女の輪郭は淡く、その姿は女の体越しにある筈の壁が見えるほど——透けていた。

目の前の光景が俄に信じられない。

ランフォードは、絶句して立ち尽くした。

＊＊＊＊

——シェインは夢を見ていた。

母親と共に、大きな通りを歩いている。少しだけ伸びをしたシェインの手を、母が体を傾けながら引いてくれている。

母親は晴れやかな笑顔だった。

「今日は砂糖菓子を買ってあげる」

お給料が入ったのよ。シェインが良い子にしていたから、そのご褒美。

楽しげにそう告げて水色の瞳を細める母の顔。

——こんなことがあったのだろうか？

疑問に思いながら、シェインは楽しそうな母に釣られて笑い声を上げると、握りしめた手を振り回す。

不思議なのは、そうして母親を見上げている自分と、そんな母親と自分を俯瞰している自分が同時に存在していることだった。

普通に考えたらあり得ない光景だ。だから、これは夢なのだろうなと思う。連れて行かれた店は、家族連れで混み合っていて賑やかだった。

母親が選んでくれたのは、菫の花の形をした砂糖菓子だった。

その包みを大事に手に収めたシェインが満面の笑みを浮かべると、母親も笑顔で応えている。

幼い自分は砂糖菓子を家に帰ってから口にすることにしたらしい。

母親と連れ立って菓子店を出て——不意に母親の歩みが止まった。

おかあさん？

稚い声でシェインが母親を呼んでいる。

見上げた母親の水色の瞳が大きく見開かれて強ばっていることしか、幼いシェインには分からない。ただ、俯瞰しているシェインには——母親の視線の先に何があるのかはっきりと分かった。

仲睦まじそうな家族連れが、そこにいた。

真ん中に幼いシェインよりも少し年上の女の子が笑顔でおり、その右手を母親が握り、左手を父親が握っている。

シェインの母が見つめているのは、その父親だった。

親子は先ほどシェインたちが訪れた菓子店を目指しているらしかった。人波を遮るように立ち尽くしたシェインの母親は、少しだけ人目を引いていた。それに、あちらの家族連れの父親が気付いたようで、ちらりと視線が向けられる。

そして、シェインの母親の顔を見ると、その表情がみるみる強ばった。


——家族連れの父親の瞳は、シェインと同じ菫色をしていた。


シェインの母親を自分の家族に隠すようにして、男は何事も無かったように菓子店を目指す。

そのまま言葉を交わすことなく、家族連れとシェインたちはすれ違った。

おかあさん？

何も気付かない幼いシェインがそう呼びかければ、母親は強ばった笑みを浮かべて家路に就いた。

そこからの日々はまるで早送りのように過ぎていく。

だんだんと、感情的に喚くようになる母親。増えていく酒量。濃くなる香の匂い。殺風景になっていく部屋。砂糖菓子を買いに共に出掛けることなど無い。灰色の部屋の風景。

シェインは、そっと溜息を吐いた。

おかあさん、あなたは——そうやって、だんだんと心をすり減らしていったんですね。

幼すぎるシェインには、何も分からなかった。

はっきりとシェインの記憶に残るようになる頃、母親は既に感情の浮き沈みが激しく、おかあさんと呼ぶシェインを泣きながら怒鳴りつける人に変わり果てていた。

ぱっと光景が切り替わる。

何も無い暗い空間で、いつの間にかシェインは無表情な母親と対峙していた。

水色の瞳はシェインを責めているようにも、傷ついているようにも見えた。

捨ててしまったので、声は届かない。

それを承知でシェインは口を開いた。

おかあさん、ごめんなさい。

幼すぎて何も気付けなくて。助けてあげられなくて。あなたの支えになれなくて。

でも、その謝罪は今日で終わりだった。

誰よりもシェインのことを心配してくれる新緑色の瞳が、そんなシェインに心を痛めるから。

悲しませてしまうから。

本当の別れの意味を込めて、シェインは口を開く。

産んで育ててくれて、ありがとう。

シェインの記憶には無かったけれど、そうやって確かに母親から愛されて育った時期があったのだ。生まれたばかりの赤ん坊ほど手がかかるものは無い。それを慈しみ育ててくれたのは、間違いなく目の前の人だろう。

その期間のことをシェインが覚えていないことは寂しいけれど、仕方がない。

そう思って微笑めば、母親は無表情に片手を上げた。

そこにあったのは――菫の形の砂糖菓子だった。

不思議に思って瞬きをするシェインの唇に、砂糖菓子が押し当てられる。口を開いていないのに、すっとシェインの中にとけ込んだ砂糖菓子の甘みが口の中に広がる。その甘みを飲み下すと、喉にぽっと温かなものが宿った。

「――ごめんね」

悲しげな口調で紡がれたのは、そんな謝罪の言葉だった。

おかあさん？

シェインが呼び止めるよりも先に、母親の姿はシェインの前からかき消えた。

＊＊＊＊

女の姿が揺らいで、薄れる。

完全に姿が見えなくなった途端に、どっと汗が噴き出して、ランフォードは大股で寝台の上のシェインの下へ駆け寄った。

のぞき込めば、愛しい「番」は穏やかな表情で眠っている。呼吸にも乱れたところは無い。漂ってくる匂いも、澄んでいて静かなものだった。

それにほっとしながら、ランフォードは逆立った尻尾の毛を押さえるようにして、溜息を吐いた。

今ランフォードが見たものは幻覚の類か。

それとも、ロルヘルディの客なのか。

――判断がつかない。

けれど、あれがシェインの母親なのだと言われれば納得する容姿ではあった。シェインとは違う瞳の色。

沈んだような水色の瞳をした女。

文句の一つも口にしようと思っていたのに、いざその姿を前にすると何も言葉が出て来なかった。

自分の子どもを置き去りにして捨てた女。けれど、彼女がいなければシェインはこの世に生まれてくることも無かったというのは事実だ。

感謝をすれば良いのか、怒れば良いのか――正反対の感情に頭が混乱する。ただ、救われるのはシェインがあの存在に心を乱していないということ。それだけだった。

再び横になる気にもなれず、ランフォードはシェインの寝顔を眺めながら、寝台に腰を下ろしていた。

真っ暗闇の中に、薄明かりが差してくる。

ゆったりとした夜明けの時間。

寝返りを打ったシェインが、隣にランフォードの体温が無いことに気付いたのか、目を瞑ったまま寝台を探るのに思わず微笑しながら、手を握る。黒い三角耳が微かに動いて、薄く菫色の瞳が開く。

シェインが不思議そうに顔を持ち上げた。

もう、あさ？

一緒に寝床に入った筈のランフォードが、既に起きて着替えているからだろう。まだ薄暗い部屋の中を見回しながら、眠そうな目をするシェインにランフォードは柔らかい声で言う。

「少し用事があって先に着替えただけだ。まだ眠っていて良い」

その言葉に安心した顔をして、シェインが枕に顔を埋める。黒い髪に指を絡めながら、ランフォードは訊いた。

「――夢を見たか？」

その質問にきょとんとしてから、シェインはランフォードの掌に文字を綴る。

いいゆめ。

「どんな夢だ？」

ひみつ。

擽ったそうに笑うシェインの表情とは裏腹に、ほんの少しの寂寥感を嗅ぎ取って、ランフォードはシェインに顔を近付ける。

「秘密なのか？」

拗ねたようなランフォードの問いに、シェインがふわりと花のように笑った。ほんの少し感じた寂寥感は消え、嗅ぎ慣れた好意と愛情が直に伝わってくる。

ひみつ。

おかしそうに、その言葉を繰り返す様子に安堵しながらランフォードは名前を呼んだ。

「シェイン」

愛している。

今日も、明日も、その先もずっと。

そんな言葉を告げれば、菫色の瞳がふわりと柔らかくなって——唇が、いつものように声の無い呼びかけをする。

「らんす」

舌足らずで、小さな声。

それが二人きりの部屋の中に思いがけず響いて——ランフォードは目を見開いて硬直した。

閨の中。

殆ど意識を飛ばしたシェインから、無意識に紡がれたその音を聴いたことはある。けれど、それはランフォードだけの秘密で、何よりこんなにはっきりと意識のあるシェインの口からは聞いたことが無いものだった。

「――シェイン？」

掠れた声で名前を呼べば、シェインが目を見開いたまま硬直している。

ランフォードよりも心底驚いた顔をした伴侶は、何が起こったのかを理解するのに時間がかかっているらしい。ぱちぱちと、菫色の瞳が数度瞬きをして両手が恐る恐るというように喉を押さえた。

――それからシェインの唇が、おずおずと動く。

「――ランス？」

先ほどよりもしっかりとした、小さな声。

声の無い呼びかけに、音が付いた。

何か言葉をかけてやらなければ――。

そんなことを思いながら、ランフォードは衝動のまま華奢なシェインの体を抱き締めた。

ロルヘルディの最終日。

死者の思い出から離(はな)れて、生者がこの世の営みに感謝を向ける宴(うたげ)の日。

朧(おぼろ)な暁(あかつき)の中に、朝露(あさつゆ)が光を帯びる。

その日の夜明けは、この世のものとは思えないほど美しかった。

END

あとがき

初めまして、の方は本作品では少ないかも知れません。

こんにちは、貫井ひつじです。

本作品をお手にとって下さり、ありがとうございます。

こちらの作品は角川ルビー文庫既刊「狼殿下と身代わりの黒猫恋妻」の続編です。

殆どの方は前作から引き続き読んで下さっているかと思います。もしも、こちらの作品から読み始めたという方がいらっしゃいましたら、そちらも読んでいただくと、より本作が楽しめるかと思います。気が向きましたら、ぜひお読み下さい。

さて、物語がめでたしめでたしを迎えても、当然ながら主人公や登場人物たちの日常は続いていくわけで、普段は彼らの人生の一部分を切り取って作品とさせていただいて「めでたしめでたし」と、強引に終わらせているのですが、今回は思いも掛けぬ形で続きを覗かせて貰うことが出来ました。

作品を書き終えた後も、ぼんやりとそれぞれの作品の登場人物たちの続きは思い浮かぶのが常ですが、本作の登場人物たちの続きはなかなか波乱がありましたので、「うーん、話になりそうだ。もしかしたら続きとして書かせて貰えないかしら……？」と、下心満載でプロットを滑り込ませたところ、「書いても良いですよ〜」と担当編集様から寛大なお言葉をいただきまして、執筆と相成りました。いつも本当にありがとうございます。

　また、引き続き美麗な挿絵を担当してくださった芦原先生、本当にありがとうございます。毎度、ランフォードの格好良さに衝撃を受けています。そしてシェインが愛らしく、本当に素敵なカップルに仕上げて下さって、ありがとうございます。

　今回、芦原先生に挿絵の参考に手書きの図をお送りしたのですが、絵心がゼロのものでして、出来上がった図を前に「これを芦原先生が見るのか!? どうしよう、恥ずかしい!! なんとかならないのか!?」と、しばらく一人で悶絶しました。なんとかパソコンで図を仕上げられないか苦戦したのですが、そちらもそちらで扱い下手なので、諦めて手書きの図を送りました……。挿絵をつけていただく度に、貫井の拙い文章が華麗なイラストになるのを見て「錬金術かな?」と思っています。毎度、多くの人に支えられて本が出版されることに感動しています。ありがとうございます。

　何より本作品は続編ということで、書くことが出来たのは前作を手に取って読んで下さった皆様のお陰です。再び、彼らの日常を垣間見ることが出来て大変楽しかったです。感謝申し上げます。人生良い日もあれば悪い日もあり、刺激的な一日もあれば退屈な一週間もあります。今回は本作登場人物たちの「印象的な数日間」の出来事を、作者の立場を乱用して借りて来ました。彼らの物語が、少しでも皆様の楽しみになりましたら幸いです。また、皆様にお会い出来る日が来ることを心から楽しみにしています。

　最後のページまでお付き合い下さりありがとうございました。

貫井ひつじ

KADOKAWA RUBY BUNKO

狼殿下と黒猫新妻の蜜月

（おおかみでんか と くろねこにいづま の みつげつ）

貫井ひつじ（ぬくい）

角川ルビー文庫 23615

2023年4月1日　初版発行
2024年10月15日　再版発行

発行者——山下直久
発　行——株式会社KADOKAWA
〒102-8177　東京都千代田区富士見2-13-3
電話 0570-002-301（ナビダイヤル）

印刷所——株式会社KADOKAWA
製本所——株式会社KADOKAWA
装幀者——鈴木洋介

●お問い合わせ
https://www.kadokawa.co.jp/（「お問い合わせ」へお進みください）
※内容によっては、お答えできない場合があります。
※サポートは日本国内のみとさせていただきます。
※Japanese text only

ISBN978-4-04-113462-7　C0193　定価はカバーに表示してあります。

◆◇◇